Una fedele lotta per la vita

Di

Beth Tabanera

Xulon Press

555 Winderley Pl, Suite 225

Maitland, FL 32751

407.339.4217

www.xulonpress.com

Brossura ISBN-13: 979-8-89397-784-4

copertina rigida ISBN-13: 979-8-89397-785-1

i

Dedizione

Alla mia defunta nonna, Anastasia, la mia prima guerriera della preghiera, e alla mia defunta madre adottiva, Nilda. Il vostro amore incondizionato e la vostra guida mi hanno dato la forza di diventare la persona che sono oggi.

Ringraziamenti

Al mio incredibile team medico: grazie per il dono della guarigione. Al Dott. Rudi Scharnweber, il mio neurochirurgo, le cui mani esperte e il cui cuore saldo mi hanno guidato attraverso un intervento salvavita. Al Dott. Danny Ramsey, il mio cardiochirurgo, la cui precisione e cura hanno restituito il ritmo al mio cuore e alla mia vita. Al Dott. Ernst Von Schwarz, il mio devoto cardiologo, la cui saggezza, pazienza e compassione mi hanno aiutato a proseguire in sicurezza. Dott. Michael Garcia, grazie per le sue cure eccezionali e per avermi incoraggiato a condividere la mia storia attraverso questo libro.

Desidero inoltre esprimere i miei più sentiti ringraziamenti al personale medico del Kaiser Permanente Medical Center di Los Angeles e West Los Angeles, del Cedars-Sinai Hospital e del Southern California Medical Hospital di Culver City. La vostra dedizione, professionalità e cura hanno fatto un'enorme differenza durante il mio trattamento e la mia convalescenza.

A tutti coloro che hanno donato sul mio GoFundMe: sarò eternamente grato. La vostra generosità ha toccato il mio cuore in modi che le parole non possono esprimere appieno. Che il Signore vi benedica e vi ricompensi mille volte per la vostra gentilezza e il vostro sostegno.

Alla mia amata famiglia e ai miei amati amici: siete stati la mia ancora di salvezza. Le vostre preghiere, i vostri pasti, i vostri viaggi, le vostre risate e la vostra silenziosa compagnia mi hanno ricordato che non sono mai stata sola. Ogni gesto d'amore, grande o piccolo che fosse, era una luce nell'oscurità. Un ringraziamento speciale a Evelyn e Lito, Ate Jho, Pye, Mahleen, Wowie e Dan, Michelle, Flora, Mon e Tina, Mike, Liana e la mia Ellabella, Vicki, Melanie, Glendy, Melissa, Eric, David, Bhel e famiglia, Yeng, Anna, Rose e Javier, Loretta e Jaz, Mary Jane, Pinky, Anna e Ate Leah. La vostra gentilezza e presenza sono state incommensurabili.

Alla mia famiglia della chiesa, la Core Church di Los Angeles, grazie per essere una fonte di forza spirituale, incoraggiamento e speranza. Al pastore Steve Wilburn e a sua moglie Laurie: i vostri messaggi di verità e fede hanno acceso qualcosa in me quando ne avevo più bisogno. Agli anziani e ai guerrieri della preghiera che mi hanno circondato d'amore e mi hanno sollevato: ho sentito ogni preghiera. Al pastore Kevin Ferreri e a sua moglie Caroline: grazie per essere stati i miei genitori spirituali, guidandomi con saggezza, amandomi incondizionatamente e coprendomi di preghiere. Il vostro incrollabile sostegno è stato un faro dell'amore di Cristo nella mia vita e vi sarò per sempre grato per la vostra presenza e i vostri consigli.

Soprattutto, ringrazio il mio Signore e Salvatore, Gesù Cristo, il Grande Medico e Redentore della mia anima. È per Sua grazia che sono ancora qui, ed è per la Sua gloria che condivido questa storia. Questo viaggio non ha solo messo alla prova la mia fede; l'ha approfondita. Ogni respiro che faccio è una testimonianza della Sua misericordia e del Suo proposito. Questo libro non è solo un riflesso di ciò che ho sopportato; è una celebrazione della guarigione, della fede e dello straordinario potere dell'amore.

In ogni cosa rendete grazie, perché questa è la volontà di Dio in Cristo Gesù verso di voi . 1 Tessalonicesi 5:18 (NR)

PREFAZIONE

Sarò sincera: non sono una persona religiosa. Quindi, quando ho scoperto per la prima volta il libro di Beth Tabanera – un'opera profondamente radicata nella fede, nella preghiera e nella resa – non sapevo cosa aspettarmi. Eppure, le pagine hanno rivelato una storia che trascende la religione. È un racconto di trasformazione, coraggio e ricerca di qualcosa di più grande quando la vita inevitabilmente va in pezzi – e una mappa per affrontare il viaggio verso la guarigione.

Ho incontrato Beth per la prima volta nel 2006, ignara del profondo impatto che avrebbe presto avuto sulla mia vita. Oltre ad aiutarmi a crescere mia figlia, Beth sapeva istintivamente come favorire la mia guarigione. Nessuno di noi è infallibile; abbiamo tutti bisogno di aiuto. Quando ero troppo debole per mangiare, lei mi ha nutrito e mi ha restituito la forza, preparandomi piatti della sua cucina natia che mi hanno nutrito, confortato e curato. Non lo ha fatto per ottenere riconoscimenti o compensi; lo ha fatto perché è una persona sinceramente generosa, dedita a risollevare chi le sta intorno.

Nel corso degli anni, ho assistito in prima persona alle lotte e ai trionfi di Beth, diventandone persino il suo procuratore (una responsabilità che sono grato di non aver mai dovuto assolvere), mentre il suo incredibile percorso di guarigione si svolgeva in modi a dir poco miracolosi.

Questo libro non ha lo scopo di convertire nessuno. Si tratta di mostrare cosa è possibile quando si ascolta profondamente: se stessi, i silenziosi sussulti della fede e l'idea che la guarigione non è sempre lineare, logica o facilmente spiegabile. Beth non predica. Rivela, riflette e ci invita a camminare al suo fianco attraverso le porte che apre alla sua vita.

Indipendentemente dalle tue convinzioni, le domande che Beth pone sono universali: come posso andare avanti quando provo dolore? Cosa significa essere completi? A chi mi rivolgo quando nient'altro sembra funzionare? Non c'è bisogno di essere religiosi per essere profondamente toccati da questa storia. Basta essere umani.

Mike Montgomery

Los Angeles, California

Introduzione
Niente sembrava avere senso

Mi sono svegliato in un luogo sconosciuto, con un occhio aperto e l'altro chiuso e pesante. La mia mente faticava a dare un senso a ciò che vedevo. La stanza era piena di volti sconosciuti che si muovevano intorno a me, ma tutto sembrava distante, sfocato. La mia vista era offuscata e il dolore pulsava attraverso il mio corpo. Non avevo idea di cosa mi fosse successo.

Ero morto? Ero in paradiso? Il mio cuore batteva all'impazzata, ma il mio corpo era pesante, come se non riuscissi a muovermi o a parlare. Tutto era confuso, come se fossi intrappolato tra due mondi. La paura mi stringeva il petto e i miei pensieri turbinavano all'impazzata. Cercai di ricordare cosa mi avesse portato lì, ma il ricordo era irraggiungibile, scivolava via come sabbia tra le mie dita...

Negli ultimi otto anni e mezzo, ho intrapreso un incredibile percorso di resilienza, sopportando interventi chirurgici a cuore aperto, interventi alle ovaie, interventi al gomito, paralisi di Bell, COVID-19 e molteplici interventi chirurgici al cervello. Durante questo percorso, la mia fede in Gesù Cristo si è approfondita, diventando un faro di speranza che illumina il mio cammino.

Secondo le promesse di Dio, Egli mi ha assicurato che non mi lascerà né mi abbandonerà mai. Dio è attento alle mie preghiere ed è pienamente consapevole di ogni circostanza che ho affrontato. Tutti noi affrontiamo diverse sfide nella vita, e le mie esperienze non fanno eccezione. Sebbene possa sembrare una lotta continua, esco da ogni battaglia sentendomi trasformato e completamente rigenerato.

Il Salmo 23 mi ricorda chi è il nostro Dio. Egli è la fonte di ogni cosa, qualunque cosa affrontiamo nella vita. Egli è il nostro Salvatore e la nostra Speranza vivente.

Salmo 23

Salmo di Davide

(NASB 1995)

[1] Il Signore è il mio pastore,

Non mi mancherà nulla.

[2] Mi fa giacere in pascoli erbosi;

Mi conduce lungo acque tranquille.

[3] Egli ristora l'anima mia;

Mi guida nel cammino della rettitudine

Per amore del Suo nome.

[4] Anche se cammino nella valle di

l'ombra della morte,

Non temo alcun male, perché tu sei con me;

la tua verga e il tuo vincastro,

mi confortano.

[5] Tu prepari una mensa davanti a me

in presenza dei miei nemici;

Hai unto il mio capo con olio;

La mia tazza trabocca.

[6] Sicuramente bontà e amorevolezza

seguimi tutti i giorni della mia vita,

E abiterò nella casa del Signore per sempre.

Dio è stato il mio sostentamento, assicurandosi che i miei bisogni fossero soddisfatti, anche nei momenti di incertezza. Grazie al sostegno della famiglia, degli amici e a inaspettati gesti di gentilezza, mi ha benedetto oltre misura.

Dopo i miei problemi di salute, in particolare a causa degli interventi chirurgici e delle sfide che li hanno preceduti, Dio mi ha guidato verso il riposo e la rigenerazione. Ha portato guarigione al mio corpo e pace al mio spirito.

Nelle valli oscure che ho attraversato, Dio ha camminato con me, donandomi forza e speranza. La sua protezione e la sua guida mi hanno offerto conforto, anche quando il cammino da percorrere era incerto. Il suo amore mi ha avvolto, manifestandosi attraverso il sostegno delle persone care e le preghiere della mia comunità di fede.

Nonostante le difficoltà, Dio mi ha concesso numerose benedizioni.

Guardando indietro, vedo la bontà e la misericordia di Dio lungo tutto il mio cammino. Mentre vado avanti, mi ricordo che le Sue benedizioni e la Sua presenza saranno sempre con me. La mia vita è un Salmo 23 vivente, una testimonianza dell'amore incrollabile di Dio, della Sua provvidenza e della Sua grazia.

Anche nei momenti più difficili, rimango coraggioso, fiducioso che il Signore è la mia Guida, sempre al mio fianco, offrendomi conforto e direzione. Lui è la mia unica fonte di sostentamento, speranza, saggezza e grazia.

Le mie esperienze in situazioni di pericolo di vita non hanno fatto altro che rafforzare la mia convinzione che la presenza del Signore garantisce la mia sicurezza.

Sommario

Capitolo 1
L'amore e le preghiere di mia nonna

La famiglia è spesso definita dal sangue, ma la mia storia dimostra che la famiglia è anche amore e sacrifici che facciamo gli uni per gli altri. Sebbene sia stata adottata, l'amore e le cure che ho ricevuto dalla mia famiglia mi hanno plasmata profondamente. La mia storia di adozione è profondamente intrecciata con l'amore di mia nonna e con l'eredità che ha lasciato, non solo come badante, ma come simbolo di forza e sacrificio.

Mia nonna, Anastasia, era una donna forte e gentile, piena d'amore e di una fede incrollabile. Ha affrontato le difficoltà della vita con grazia, crescendo da sola la figlia di cinque anni (la mia madre adottiva) dopo la morte di mio nonno. Nonostante le difficoltà di essere una madre single, si è impegnata a fondo per dare a mia madre una vita agiata e una buona istruzione, assicurandosi che avesse le basi per vivere con dignità e forza. Nonostante la sua giovane età, non si è mai risposata, né ha mai preso in considerazione l'idea di stare con qualcun altro.

Quando sono entrata nella sua vita, mi ha accolta con lo stesso amore e la stessa devozione con cui ha aiutato mia madre a crescermi. Era più di una semplice nonna: era la mia seconda madre, la mia protettrice e la mia fonte di conforto. Dormivo accanto a lei ogni notte, sentendomi al sicuro nel suo calore. Non importava quanto fosse impegnata o stanca, trovava sempre tempo per me.

Uno dei doni più preziosi che mi ha fatto è stato quello di avermi fatto conoscere Gesù. Mi ha insegnato a pregare, chiamandolo "Papà Gesù", e ogni sera parlava ad alta voce con Gesù, raccontando i dettagli della nostra giornata. Molte di quelle conversazioni riguardavano me. A volte su come mi comportavo male, a volte su come avrebbe voluto che la ascoltassi di più, ma sempre piene di amore e preghiere per la mia protezione e il mio futuro. Anche quando mi arrabbiavo e la pizzicavo per aver raccontato a Papà Gesù delle mie malefatte, lei non smetteva mai di pregare per me.

Il suo amore era costante, ma lo era anche la fragilità della vita. Morì il giorno dopo il mio dodicesimo compleanno. Rimasi nella stanza con lei fino al suo ultimo respiro, pregando disperatamente che Papa Gesù non me la portasse via. Avrei voluto più tempo, più notti di preghiera, più del suo amore incrollabile. Ma il suo corpo era stanco e l'asma me l'aveva portata via.

Ripensandoci, mi rendo conto di quanto la mia vita sia stata plasmata dal suo amore e dalle sue preghiere. Non solo mi ha cresciuto, ma mi ha circondato di fede e di un profondo senso di sicurezza. Anche se allora non me ne rendevo conto, le sue preghiere sono state il suo più grande sacrificio e il suo più grande dono. Non si limitava a chiedere cose buone per la mia vita; mi affidava alle cure di Dio, assicurandosi che sarei sempre stato protetto, anche dopo la sua scomparsa. Anche ora, sento le sue preghiere ancora proteggermi, proteggermi in ogni viaggio che intraprendo.

Mia nonna è stata il mio rifugio sicuro, la mia luce guida e la mia più grande benedizione. Conserverò sempre caro l'amore che mi ha dato, gli insegnamenti che mi ha dato e la fede che ha instillato nel mio cuore.

Capitolo 2
Ricordando i ricordi d'infanzia e la mia ricerca della grandezza

Da bambina, sognavo spesso i racconti di mia madre adottiva sui suoi viaggi in Europa, in particolare sul periodo trascorso in Germania. Ricordo con affetto le sue storie prima di andare a letto, quando ero bambina. Mentre alla maggior parte dei bambini venivano lette storie tratte da libri per bambini, le nostre storie erano uniche. Mia madre mi raccontava vividi racconti della sua infanzia, degli anni dell'università e delle sue esperienze vissute in un dormitorio lontano da sua madre.

I miei racconti preferiti riguardavano le sue avventure europee dopo il college. Era molto emozionata per il suo primo viaggio all'estero e per l'esperienza di assistere alla nevicata. Parlava dell'aria frizzante, dei sereni paesaggi invernali e, soprattutto, della neve. Descriveva come il mondo sembrasse rallentare quando la terra era coperta di bianco e come tutto sembrasse magico sotto uno spesso strato di neve. I suoi racconti dipingevano un'immagine di un mondo pieno di meraviglie che potevo solo immaginare; così diverso dalle estati calde e umide e dalle stagioni piovose dei tifoni che vivevamo nelle Filippine.

Chiudevo gli occhi, sognando di camminare per quelle strade innevate, proprio come aveva fatto lei. Desideravo ardentemente provarlo in prima persona: sentire il freddo, assaporare la neve fresca e assistere al cambio delle stagioni. Mia madre mi raccontava anche quanto le piacesse passeggiare per il quartiere con le sue amiche, passando per le strade fiancheggiate da uva e meli, dove potevano semplicemente raccogliere i frutti e portarli a casa.

Nelle Filippine, mele e uva sono rare perché il nostro Paese non le coltiva, e quando sono disponibili nei supermercati, tendono a essere costose. Quindi, per lei, vedere questi frutti crescere lungo la strada era davvero straordinario. Mostrava persino a me e ai miei fratelli una sua foto con un grappolo d'uva vicino al viso.

Ho continuato a coltivare le mie aspirazioni con il passare degli anni e quei sogni sono rimasti intatti. Quando ho avuto l'opportunità di intraprendere la mia carriera all'estero dopo l'università, l'ho considerata un trampolino di lancio strategico verso la mia prossima destinazione. In seguito, vivendo all'estero, ho acquisito una preziosa esperienza di contatto con una vasta gamma di culture, tradizioni e cucine, alimentando in definitiva la mia ambizione di viaggiare molto e sperimentare stili di vita diversi.

Mentre risiedevo in Bahrein all'età di diciannove anni, ho vissuto un'esperienza trasformativa e sono diventato un credente rinato. Un amico mi ha invitato a un incontro di preghiera clandestino, dove la donna che supervisionava l'evento ha condiviso con me passi delle Scritture sulla rinascita spirituale. Avevo sempre sperimentato un senso di vuoto nel mio cammino spirituale e cercavo di scoprire cosa mancasse nella mia esistenza spirituale. Sono felice di aver preso la decisione di accettare Gesù come mio Signore e Salvatore personale in quel preciso momento, e sono profondamente grato all'amico che mi ha invitato a partecipare a quell'incontro divino. I tempi di Dio sono sempre perfetti e noi siamo chiamati a far parte del Suo piano.

«Infatti io conosco i pensieri che medito per voi», dice il Signore, «pensieri per farvi prosperare e non per farvi del male, per darvi un futuro e una speranza. Geremia 29:11 (NR)

Dio ci sta indicando che, nonostante le attuali difficoltà, ha in programma di restaurare e portare pace nelle nostre vite. Dio ha in mano il nostro futuro e sono eternamente grato per il Suo amore costante, la Sua guida e la Sua cura.

Dopo aver completato un soggiorno di cinque anni trascorsi vivendo e lavorando nella Penisola Arabica, mi si è presentata l'opportunità di trasferirmi a Mosca, in Russia, realizzando così un'ambizione di una vita che mia madre mi aveva instillato. Mosca, caratterizzata dai suoi inverni prolungati e dalla profonda eredità culturale, si è rivelata una destinazione ideale in cui sperimentare la manifestazione tangibile delle mie aspirazioni di lunga data. Vivere a Mosca durante il solstizio d'inverno equivaleva a entrare nel regno di uno dei racconti di mia madre. L'aria circostante era frizzante e rinfrescante, con un freddo pungente e pungente che rendeva i miei respiri visibili come una nuvola sospesa.

Il 16 dicembre 1994, poco prima di mezzanotte, è caduta la prima nevicata della mia vita. Io e i miei colleghi russi stavamo uscendo dal turno di notte al lavoro, diretti al nostro appartamento a Mosca, quando l'autista ci ha informato che aveva iniziato a nevicare. Erano tutti emozionati per me, perché aspettavo con ansia la neve. Ho persino chiesto ai miei colleghi se ci fosse mai stato un inverno senza neve; ovviamente, hanno riso tutti della mia ignoranza.

Quell'anno, la neve era arrivata molto tardi, ed ero preoccupata! Quella notte non riuscii a dormire, aspettando con ansia il mattino per ammirare lo splendido scenario. Ed è vero, quando arrivò il mattino, rimasi completamente a bocca aperta! Trascorsi la giornata seduta vicino alla finestra a guardare la neve cadere come una bambina. Era così magico, proprio come me l'aveva descritto mia madre.

Nevicava forte e non potevo fare a meno di chiedermi come sarebbe stato stare all'aperto, così decisi di provarlo in prima persona. Il mondo sembrava silenzioso e immobile, l'aria frizzante sulla pelle. A ogni passo, la neve fresca scricchiolava sotto i miei piedi, un suono insolito e rilassante. E sì, non ho resistito: l'ho assaporato! C'era qualcosa di infantile e puro in quel momento, una gioia semplice nell'abbracciare la bellezza della natura nella sua forma più pura. Il paesaggio urbano era uniformemente coperto di neve, con strade, tetti e alberi tutti avvolti, mentre il cielo notturno brillava di un'intensa luminosità che ricordava le rappresentazioni cinematografiche.

Nei mesi successivi, ho abbracciato tutto ciò che l'inverno russo aveva da offrire. Ho imparato a vestirmi in modo caldo, ho bevuto bevande calde in ogni occasione e ho assaporato i momenti in cui la nevicata trasformava il mondo in un sogno. Il fascino speciale di Mosca non era dovuto solo alla neve, però. La città si portava dietro un profondo senso della storia, come se ogni angolo avesse una storia da raccontare.

La Piazza Rossa di Mosca è una tappa obbligata quando si è a Mosca. Entrare nel suo storico parco è stato come camminare in un pezzo di storia vivente. Circondata da monumenti iconici come la Cattedrale di San Basilio, il Cremlino e il Museo Storico Statale, la grandiosità della piazza era semplicemente mozzafiato. I colori vivaci delle cupole a cipolla della cattedrale e l'ampio spazio aperto gremito di visitatori da tutto il mondo hanno reso l'esperienza memorabile e maestosa. Lì, non ho potuto fare a meno di meravigliarmi della bellezza e del significato di questo luogo iconico.

Passeggiare lungo il viale Nuova Arbat è stato un vero piacere. L'energia vivace di questa popolare attrazione turistica di Mosca era affascinante. Fiancheggiata da negozi, ristoranti e dalla vivace vita cittadina, offriva uno scorcio sul cuore della Mosca moderna. In lontananza, uno degli iconici edifici delle Sette Sorelle si ergeva fiero all'orizzonte, un suggestivo ricordo del ricco patrimonio architettonico della città. Il mix di antico e moderno ha reso questa passeggiata indimenticabile, mentre mi immergevo nella bellezza e nel carattere della città.

Vivere da espatriata a Mosca è stata un'avventura, e mi ha anche dato l'opportunità di rivivere le storie che mia madre mi aveva raccontato. Come la passione di mia madre per i viaggi, ho avuto l'opportunità di esplorare diverse città e campagne europee, godendomi i viaggi in treno tra i vari Paesi. Mi sentivo come se stessi seguendo le sue orme, respirando la stessa aria frizzante e vivendo lo stesso inverno che aveva conosciuto lei. Non si trattava solo di neve; si trattava di realizzare un sogno tramandato di generazione in generazione.

Mentre ero lì, a guardare la città innevata, mi resi conto che i miei viaggi mi avevano riportato al punto di partenza. Quello che era iniziato come un sogno d'infanzia era diventato una realtà plasmata non solo dalle mie esperienze, ma anche dall'eredità dei racconti di mia madre. I ricordi di un'epoca passata e il fascino dello splendore invernale erano rimasti, accendendo un senso di possibilità.

Dopo essere sopravvissuto a sei inverni russi, rifletto sulle esperienze memorabili e sulle amicizie forgiate durante quel periodo. Sebbene la lingua rappresentasse una sfida, ho perseverato e ho gradualmente migliorato le mie capacità comunicative, coltivando legami significativi con la comunità locale. Il mio affetto per la Russia è cresciuto e non vedo l'ora di tornarci un giorno.

Trasferirmi dalla Russia alla California nel 2000 ha comportato un significativo adattamento climatico. La California è rinomata per le sue giornate soleggiate e le temperature miti, in netto contrasto con gli inverni più freddi e rigidi della Russia. Anche se ho adorato trascorrere il tempo sulla neve, adattarmi al sole e alle temperature più miti della California è stato un cambiamento rinfrescante.

Ah, la città delle star! Los Angeles è un posto davvero speciale. C'è così tanto da vedere e da fare, dalla Hollywood Walk of Fame alla scritta Hollywood, dal Griffith Observatory all'Urban Light del Los Angeles County Museum of Art, dalle famose Beverly Hills a Venice Beach e, naturalmente, ai grattacieli del centro.

Oltre alle bellezze naturali, sono rimasto subito affascinato dalla sua vivace cultura e dalla sua diversità. La diversità di Los Angeles è qualcosa da celebrare! È un crogiolo di culture, che si riflette nel cibo, nell'arte e nella gente della città. Si possono scoprire così tante culture diverse semplicemente passeggiando per strada o provando diversi ristoranti. Dai vivaci quartieri messicani alla vivace Chinatown, dalla multietnica Koreatown alla storica città filippina.

Vivere a Los Angeles è stata una delle decisioni più strategiche che abbia mai preso. Oltre a vantare il clima migliore del mondo, la cordialità e la gentilezza della gente della città hanno reso la mia esperienza ancora più eccezionale. Nel corso della mia carriera, ho avuto l'opportunità di lavorare in diverse città di Los Angeles e di esplorare diversi percorsi professionali, ma mi sono sempre sentita attratta dal lavorare con bambini di tutte le età, dai neonati ai preadolescenti.

Durante gli anni del liceo, mia madre mi suggeriva spesso di diventare insegnante, ma per qualche motivo non mi sono mai sentito portato a intraprendere quella carriera. Anni dopo, tuttavia, ho capito che avrei dovuto seguire il suo consiglio. Un aspetto che apprezzo del vivere negli Stati Uniti è l'opportunità di proseguire gli studi e avanzare professionalmente attraverso corsi di studio continui.

Oltre ai numerosi vantaggi di risiedere negli Stati Uniti, il sistema sanitario è particolarmente degno di nota. Apprezzo profondamente i progressi nel settore sanitario e, in quanto residente, ho il privilegio di accedere a qualsiasi assistenza medica necessaria. L'assicurazione sanitaria può essere costosa, ma per persone come me con patologie pregresse, vale sicuramente la pena investire.

Gestire la mia salute è stato spesso una sfida, vivendo all'estero da adulto. Senza un facile accesso all'assistenza sanitaria familiare, mi sono ritrovato a fare affidamento sull'autodiagnosi quando qualcosa non andava...

Capitolo 3
Alla scoperta delle malattie cardiache

Ho vissuto uno stile di vita sano e attivo per quasi quarantatré anni, con solo pochi problemi di salute degni di nota. Il mio percorso di vita è stato segnato da un ricco arazzo di esperienze internazionali. Non ho mai vissuto nell'illusione di essere invincibile, ma non ho mai affrontato la sfida di una malattia grave o di un ricovero ospedaliero. La buona salute non è mai stata qualcosa che ho dato per scontato, eppure è rimasta una compagna costante, ancorando silenziosamente il mio senso di libertà, indipendenza e possibilità. Le mie giornate erano piene di scopo e movimento, raramente interrotte da qualcosa di più di un raffreddore passeggero o un malanno di poco conto.

Ma nel giro di poche settimane, nel maggio del 2016, la mia salute iniziò a peggiorare rapidamente e inaspettatamente, e non capivo perché. Ignorai rapidamente ogni segnale d'allarme e continuai a correre a perdifiato, concentrandomi sul lavoro e sugli impegni sociali, finché un giorno non ce la feci più. Fu un giorno che ricorderò vividamente se non fossi stato così delirante. Mi sentii così male che non riuscii nemmeno a farmi una doccia.

Un giorno, il mio capo, Mike, venne a trovarmi e mi trovò a malapena in grado di camminare, oppressa dal profondo malessere che stavo vivendo. Mi portò medicine, zuppe e generi alimentari. I suoi gesti erano pieni di premura e attenzione, per aiutarmi ad affrontare le sfide che stavo affrontando. La sua gentilezza mi commosse profondamente e, prima che me ne rendessi conto, le lacrime iniziarono a rigarmi il viso. Vedendo la mia angoscia, Mike non esitò a offrirmi la sua spalla e a darmi il conforto e la rassicurazione di cui avevo disperatamente bisogno. In quel momento, la sua presenza fu un'ancora di salvezza, un promemoria che c'è aiuto disponibile quando serve.

9

Conosco Mike e sua moglie Liana da un po' di tempo e li ho sempre sentiti come il fratello e la sorella che non ho mai avuto. La loro generosità, compassione e il loro incrollabile sostegno sono stati una benedizione nella mia vita. Sono così grata di averli conosciuti e di averli avuti come parte del mio viaggio in questa parte di paradiso. Quel momento con Mike, però, è stato qualcosa che non dimenticherò mai, una vera testimonianza del potere della gentilezza e dell'importanza di essere d'aiuto agli altri.

Uno dei sintomi più preoccupanti era la difficoltà respiratoria. Dato che l'asma è una malattia ereditaria nella mia famiglia, ho pensato che fosse quella la causa. Avevo persino un inalatore e lo usavo al bisogno, senza mai pensare di consultare uno specialista. Quello che non capivo era che i miei sintomi non erano affatto dovuti all'asma; erano segni di una patologia cardiaca. Le difficoltà respiratorie, la stanchezza, il disagio, avevano tutti una causa principale diversa. Questo percorso mi ha insegnato l'importanza di ascoltare il mio corpo e di cercare una guida professionale, piuttosto che presumere di avere le risposte.

In qualche modo, sono riuscito a trascinarmi fino al Pronto Soccorso. Speravo che mi prescrivessero un farmaco che avrebbe risolto rapidamente e facilmente la causa dei miei sintomi. Il medico mi ha detto che avevo la polmonite; quella polmonite mi ha devastato. Sono diventato un cliente abituale del Pronto Soccorso, un circolo vizioso e senza fine finché un amico, che peraltro è un infermiere, non mi ha convinto ad andare al pronto soccorso. Su consiglio del mio amico, ho chiesto a mia cugina Josephine di passare la notte a casa mia in preparazione di un possibile aiuto per il trasporto la mattina successiva. Prevedendo un possibile ricovero in ospedale, ho raccolto alcuni effetti personali, poi abbiamo preso un Uber per raggiungere l'ospedale più vicino la mattina presto.

Fortunatamente, la sala d'attesa era vuota e sono entrato subito. Le visite al pronto soccorso possono essere spesso imprevedibili e i tempi di attesa possono sembrare infiniti, soprattutto quando c'è molta gente. Arrivare presto e trovare la sala tranquilla è stato un enorme sollievo. L'infermiera del triage mi ha detto che il mio battito cardiaco era a 175 e non diminuiva. La normale frequenza cardiaca a riposo di un adulto è compresa tra 60 e 100 battiti al minuto. Questo era un segnale preoccupante che qualcosa non andava, eppure non mi sono allarmato perché non sentivo il mio cuore battere a un ritmo anormalmente veloce.

Dopo una serie di esami, il medico mi ha diagnosticato la fibrillazione atriale (FA) e mi ha indirizzato al cardiologo di turno. Non ero sicuro delle implicazioni della fibrillazione atriale e, dato che anche la polmonite rappresentava un problema, facevo fatica a comprendere il mio stato di salute, il che sollevava dubbi sulla mia salute generale. Ho chiesto al medico quando avrei potuto tornare a casa e sono rimasto sorpreso quando mi ha detto che tornare a casa non era un'opzione.

Inizialmente, pensavo di fermarmi solo per una o due notti per riposare un po', dato che non dormivo da tre notti e mi sentivo esausto e irrequieto. Tuttavia, avevo mal di schiena e difficoltà a dormire, non rendendomi conto di avere liquido nei polmoni. Mi aspettavo di ricevere cure e di essere rimandato a casa con delle prescrizioni per favorire la mia guarigione, ma non era nei miei piani.

Dopo una valutazione completa della mia funzionalità cardiaca, utilizzando elettrocardiogramma ed ecocardiogramma, il cardiologo ha diagnosticato una grave stenosi della valvola mitrale e ha raccomandato un intervento chirurgico immediato. Sono rimasto ricoverato per un mese intero in due ospedali, principalmente in terapia intensiva. Come la maggior parte delle persone, avevo già sofferto in passato, ma non mi sarei mai aspettato che il mio cuore si spezzasse *letteralmente* . La prospettiva del ricovero e dell'imminente intervento chirurgico

11

al cuore era opprimente e facevo fatica ad accettare le potenziali conseguenze. Sarei riuscito a riprendermi? Il mio pensiero è andato alla mia famiglia nelle Filippine, che era senza dubbio preoccupata per la mia situazione, ma non poteva starmi accanto a causa della distanza.

Stavo vivendo un forte stress emotivo. Il pianto era il mio conforto. Così come le preghiere, tantissime. Provavo un dolore tale che ero sul punto di morire e avevo paura di vivere. Non sapevo come sarebbe stata la vita dopo l'intervento al cuore, perché vivevo da sola e non avevo parenti stretti nelle vicinanze. Come avrei fatto a sopravvivere? Avevo anche paura di non poter lavorare. Ero così consumata dalla paura che dimenticavo come Dio mi avesse già accompagnato in molte stagioni della mia vita.

Sebbene non ricordi di essere stato malato da bambino, il cardiologo dell'ospedale, il dottor Ernst Von Schwarz, mi disse che era possibile che avessi la febbre reumatica da bambino senza esserne consapevole. Essendo cresciuto nella periferia delle Filippine, ricordo la mancanza di strutture mediche. Mia madre, un'operatrice sanitaria, probabilmente ignorava la mia diagnosi di febbre reumatica. Non avevamo molte opzioni mediche dove sono cresciuto. Quando un bambino aveva la febbre, i genitori gli davano degli analgesici da banco acquistati in farmacia e il bambino si sentiva meglio, senza aspettarsi che la malattia avesse effetti duraturi.

La stenosi grave della valvola mitrale contribuisce a ridurre il flusso sanguigno attraverso l'apertura ristretta della valvola dall'atrio sinistro al ventricolo sinistro. Può culminare in insufficienza cardiaca con accumulo di liquidi nei polmoni e bassi livelli di ossigeno nel sangue. Oltre alla febbre reumatica, la stenosi della valvola mitrale può essere causata anche da complicazioni da faringite streptococcica. Il Dott. Schwarz ha anche osservato che sono stato fortunato ad arrivare in ospedale in tempo, poiché la mia frequenza cardiaca elevata avrebbe potuto causare un collasso e un esito potenzialmente fatale.

Essendo single e vivendo da solo, ho paura di morire senza nessuno al mio fianco. Il Dott. Ernst von Schwarz è un cardiologo clinico e accademico di fama mondiale, con sede negli Stati Uniti, e professore di medicina clinica presso l'UCLA e l'UC Riverside. È entrato a far parte del Cedars-Sinai Medical Center e dell'UCLA come direttore del programma sui dispositivi cardiaci.

Durante la mia convalescenza, il Dott. Schwarz ha svolto un ruolo fondamentale. Ha organizzato il mio trasferimento dal Southern California Hospital al Cedars-Sinai Hospital, dove sono stato sottoposto a un intervento chirurgico al cuore. Successivamente, il Dott. Schwarz è diventato il mio cardiologo di riferimento, prendendosi cura di me per oltre sette anni. Prima di cambiare polizza assicurativa sanitaria, l'ho incontrato per discutere l'impatto sulle mie cure, dato che non era affiliato al mio nuovo fornitore. Tuttavia, mi ha rassicurato sul fatto che Kaiser Permanente mi avrebbe fornito un'assistenza eccellente. Sono estremamente grato al Dott. Schwarz per la sua incrollabile dedizione, il suo impegno verso i pazienti e il suo genuino entusiasmo per la sua professione.

Dopo un breve periodo al Southern California Hospital, sono stato trasferito al Cedars-Sinai Hospital per un intervento chirurgico al cuore. La mia esperienza al Southern California Hospital è stata resa memorabile da un'infermiera di notte che ha dimostrato un notevole mix di compassione, competenza medica e talento artistico. Recitava preghiere e cantava canti di adorazione per aiutarmi a dormire, mettendo in mostra le sue doti di cantante e compositrice. Le sue cure erano una testimonianza del potere della gentilezza e della dedizione.

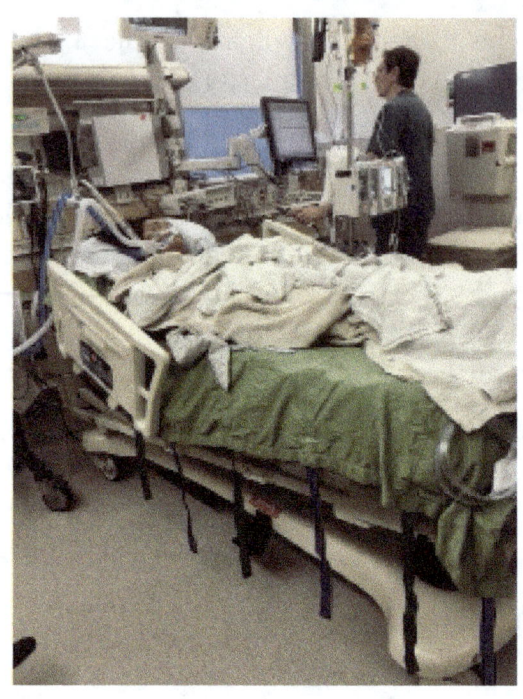

Questa foto è stata scattata in terapia intensiva subito dopo il mio intervento al cuore.

Capitolo 4
Diventare un guerriero del cuore

L'eccezionale reputazione del Cedars-Sinai in cardiologia e chirurgia cardiaca mi ha portato a trasferirmi in chirurgia cardiaca, consolidando il loro status come uno dei migliori del paese. Nel periodo precedente l'intervento al cuore, ero ossessionato dai pensieri su come avrei vissuto la mia vita dopo l'operazione. La complessità di tutto ciò era scoraggiante e facevo fatica a individuare il modo più efficace per gestire la mia vita.

Il mio intervento al cuore è durato più di sette ore. Quando ho ripreso conoscenza, ero ancora intubato, ma gli amici che erano con me mi hanno fornito supporto emotivo e mi hanno rassicurato che l'operazione era andata a buon fine. Mia cugina Josephine, la mia migliore amica Evelyn e i miei datori di lavoro, Mike e Liana, erano lì per assicurarsi che non fossi solo al mio risveglio. Mike e Liana si sono presi un giorno di pausa dai loro impegni per essere presenti in ospedale durante l'operazione, nel caso in cui il chirurgo avesse avuto bisogno di informazioni su di me. Sono stato fortunato ad avere una rete di supporto di familiari e amici durante il mio periodo più difficile.

Dopo che l'effetto dell'anestesia è svanito, ho iniziato ad avere forti dolori e, poiché ero intubato, non potevo comunicare verbalmente con la mia infermiera. Per comunicare le mie esigenze, ho provato a scrivere degli appunti, ma la mia calligrafia era quasi illeggibile a causa delle restrizioni che mi tenevano le braccia legate al letto. Queste restrizioni erano state implementate per impedire la rimozione involontaria del tubo dalla bocca. Il dolore era insopportabile e, dopo più di ventiquattro ore, quando il tubo mi è stato rimosso dalla gola, sono finalmente riuscito a informare la mia infermiera che provavo un dolore significativo.

Purtroppo, ho avuto delle complicazioni. I medici pensavano che il mio cuore potesse avere un'emorragia e, in tal caso, avrebbero dovuto eseguire un'altra toracotomia. Sono crollata perché il pensiero di dover subire un altro intervento a cuore aperto in meno di quarantotto ore era troppo doloroso da sopportare. Ho detto a mio cugino Pye che non potevo più sopportare tutto quel dolore. Onestamente, il pensiero di quell'esperienza, dopo tutti questi anni, mi tormenta ancora, e ogni volta che ci penso, verso sempre le lacrime.

Dopo alcuni esami e una risonanza magnetica, l'équipe medica ha scoperto che avevo acqua nei polmoni. Era questa la causa del dolore! Per fortuna, non ho dovuto sottopormi a un altro intervento chirurgico, ma hanno dovuto drenare i miei polmoni. Durante l'operazione, sono stato messo in decubito laterale e mi è stata somministrata un'iniezione significativa, che sentivo attraversare la colonna vertebrale. Sono rimasto coraggioso e fiducioso, nonostante la mia crescente ansia.

Ho ricordi affettuosi della mia infermiera, che ha fatto di tutto per garantirmi il massimo comfort durante quella difficile procedura. Ha rinunciato con altruismo alla sua pausa pranzo per starmi accanto, dimostrando un livello di dedizione e compassione che raramente ho incontrato. Sebbene il suo nome mi sfugga, la gentilezza e l'empatia che mi ha dimostrato hanno lasciato un segno indelebile nella mia vita, ricordandomi la profonda differenza che gli operatori sanitari possono fare nella vita dei loro pazienti. Mi ha offerto supporto emotivo rimanendomi accanto e permettendomi di tenerle la mano, donandomi conforto.

La procedura ha dimostrato la mia forza: sono rimasto completamente sveglio nonostante il dolore intenso, versando lacrime di determinazione. Ciononostante, il dolore si è placato subito dopo il drenaggio del liquido e ho provato un senso di realizzazione. Il tempo trascorso in ospedale mi è sembrato pieno di battaglie senza fine, ma ho anche capito quanto fosse bello respirare normalmente. Per tutto il tempo, avevo sempre pensato che il mio respiro fosse normale, almeno per un asmatico, cosa che credevo di avere.

La mia guarigione non è stata facile. La paura di non riuscire a svegliarmi il giorno dopo, il dolore e il disturbo da stress post-traumatico non erano certo uno scherzo. Nel giro di un mese, ho perso *17 chili* ! Ero distrutta. Piangevo per piccole cose, ne dimenticavo altre e a volte non riuscivo a ricordare i nomi, nemmeno quelli di persone che conoscevo da anni. Ma con il passare dei giorni, ho iniziato a riprendermi. È incredibile come il corpo guarisca. Le cicatrici si dissolvono, l'appetito ricompare, il peso perso ritorna e la nebbia mentale lentamente svanisce. Il percorso non è stato facile, ma con l'aiuto del mio team medico, degli amici, della famiglia, delle preghiere e di Dio, le mie condizioni sono migliorate.

Mantenere uno stile di vita attivo e sano è sempre stata una priorità per me e credo che abbia giocato un ruolo cruciale nella mia capacità di riprendermi e recuperare le forze. Riflettere sul Salmo 34:18 (NASB), " *Il Signore è vicino a chi ha il cuore spezzato e salva chi è affranto nello spirito"* , mi riempie di speranza, sapendo che Dio è sempre vicino, che comprende le mie lotte, il mio dolore e le mie debolezze e che mi offre con grazia conforto e pace nei momenti di bisogno.

Avere una valvola cardiaca meccanica (chiamata valvola cardiaca St. Jude) mi dà tranquillità perché dovrebbe durare tutta la vita. Una cosa che nessuno mi aveva detto prima dell'intervento era che avrei dovuto assumere anticoagulanti per il resto della mia vita. Le mie prime settimane di assunzione di Coumadin non sono state facili. Mi ci sono volute settimane per capire il dosaggio, quali cibi potevo mangiare e cosa dovevo limitare. Assumere anticoagulanti significava anche dover limitare le mie attività fisiche perché mi rendevano più incline alle emorragie.

Assumere il Coumadin ha cambiato il mio approccio alla dieta, soprattutto per quanto riguarda uno dei miei alimenti preferiti: le insalate verdi. Poiché il Coumadin influisce sulla coagulazione del sangue, devo monitorare attentamente l'assunzione di vitamina K, poiché svolge un ruolo cruciale nell'azione del farmaco. Sfortunatamente, molte delle verdure a foglia verde che prima mi piacevano, come spinaci, rucola e cavolo riccio, sono ricche di vitamina K e richiedono moderazione o addirittura l'eliminazione dalla mia dieta. Invece di rinunciare del tutto alle insalate, ho trovato modi creativi per continuare a gustarle mantenendo stabili i miei livelli di vitamina K. Mi concentro su verdure a basso contenuto di vitamina K, come la croccante lattuga iceberg, le barbabietole dolci e le carote croccanti, tra le altre opzioni. Questi ingredienti mi permettono di mantenere le insalate fresche e vivaci che adoro senza interferire con i miei farmaci.

Gestire questa restrizione alimentare non è sempre stato facile, ma mi ha insegnato a essere più consapevole di ciò che mangio e a esplorare nuovi sapori e consistenze.

Gestire la mia salute durante l'assunzione di Coumadin ha rappresentato una parte significativa della mia vita quotidiana. Una delle sfide più grandi è stata controllare regolarmente i miei livelli di INR (Rapporto Internazionale Normalizzato) per garantire che il mio sangue rimanesse entro l'intervallo di sicurezza di 2,5-3,5. All'inizio, le visite frequenti alla clinica Coumadin mi sembravano un peso aggiuntivo, sia in termini di tempo che di costi. Il processo era necessario, ma richiedeva un'attenta pianificazione e impegno.

Per semplificare la gestione della situazione, ho optato per il monitoraggio dell'INR a domicilio. Poter controllare i miei livelli a casa è stata un'enorme comodità, permettendomi di tenere sotto controllo la mia salute senza dover andare in clinica più volte. Tuttavia, devo comunque recarmi occasionalmente in laboratorio per confermare l'accuratezza delle mie letture. Per fortuna, il mio monitor domestico si è dimostrato affidabile, il che mi dà tranquillità, sapendo di poter monitorare regolarmente i miei livelli di INR senza interrompere la mia vita quotidiana.

Il mio intervento al cuore è stato un traguardo vittorioso! Complimenti al mio chirurgo, il Dott. Danny Ramzy, e al suo team medico del Cedars-Sinai Heart Institute. Il ticchettio che sento ogni giorno nel petto è prezioso. Il Dott. Ramzy è un leader riconosciuto a livello mondiale nell'implementazione di tutte le forme di interventi chirurgici cardiaci mininvasivi e robotici oggi disponibili. Il Dott. Ramzy si è dimostrato un chirurgo altamente qualificato, spiegandomi con empatia la mia condizione cardiaca e le motivazioni alla base della raccomandazione della chirurgia robotica come approccio ottimale per la mia età.

Aspiro a superare la necessità di anticoagulanti, che hanno rappresentato ostacoli nel mio percorso. Un futuro senza Coumadin potrebbe essere vantaggioso? Se sono in corso studi clinici su valvole meccaniche e Coumadin, sono interessato a saperne di più e potenzialmente a partecipare allo studio.

Il mio percorso verso la guarigione è stato segnato da difficoltà simili a quelle che hanno colpito le persone affette da malattie cardiache, le loro famiglie e chi si prende cura di loro. Dopo un mese di ricovero, sono stato rimandato a casa, in preda alla paura e all'apprensione.

Ero ansioso per vari aspetti della vita quotidiana, tra cui assumere farmaci, mangiare, camminare nel mio quartiere e semplicemente vivere una vita normale. Vivere da solo dopo un intervento chirurgico al cuore può essere intimidatorio. Tuttavia, ho dovuto rimanere resiliente ed evitare di preoccuparmi eccessivamente della mia situazione. Mi sono ricordato che avevo già superato la parte più difficile e che dovevo rimanere forte e paziente per superare gli ostacoli rimanenti. Sono stato fortunato ad avere il sostegno dei miei cugini.

Pye, che è stata la mia compagna inseparabile durante questo calvario, ha dedicato il suo giorno libero ad aiutarmi in varie attività, in particolare nell'organizzazione dei miei farmaci. È farmacista e medico, e le sono grata per la sua presenza nella mia vita. Trovo difficile immaginare di gestire la mia situazione senza la sua guida. Ho avuto difficoltà a gestire i miei farmaci a causa delle numerose prescrizioni, il che mi ha causato una notevole ansia per i potenziali errori. La complessità di monitorarli era schiacciante.

Sono grato a Pye, che è stata determinante nell'affrontare le mie esigenze, per avermi fornito un supporto prezioso nella doccia e nella cura delle ferite e, soprattutto, per avermi spiegato informazioni mediche che hanno migliorato significativamente la mia comprensione della mia condizione. Senza di lei, dubito che avrei potuto gestire la situazione in modo efficace. Il suo supporto ha avuto un ruolo cruciale nel mio recupero.

Quanto alla mia altra cugina, Josephine (o Ate Jo, come la chiamo io), è stata incredibilmente disponibile, aiutandomi con varie faccende, facendo la spesa e cucinando per me durante i suoi giorni liberi. La loro gentilezza e generosità hanno fatto la differenza durante la mia convalescenza, ricordandomi l'importanza di un solido sistema di supporto.

Dopo un periodo di due settimane dal mio ricovero in ospedale, ho cercato di riprendere le mie normali attività, tra cui cucinare e gestire le mie responsabilità abituali, poiché non potevo contare costantemente sull'assistenza dei miei cugini, date le loro responsabilità e i loro obblighi.

Ricordo vividamente di aver lasciato cadere qualcosa sul pavimento e di averlo raccolto, ma non riuscivo ad alzarmi e dovevo strisciare accanto al divano per afferrare qualcosa che mi aiutasse a stare in piedi. Ero consumato da un'intensa sensazione di isolamento e impotenza. Come potete immaginare, scoppiai a piangere sul pavimento, cercando conforto mentre ero sempre più frustrato dalla situazione, che trovavo insopportabile e che stavo esagerando. Temevo che esercitare pressione sul petto potesse causare un'emorragia dall'incisione. Ciononostante, ripensandoci, apprezzo il valore della calma. Alla fine, le mie lotte ne sono valse la pena.

Vivere in un complesso residenziale si è rivelato un vantaggio perché la mia vicina, Ally, che è eccezionalmente gentile, mi ha fornito un'assistenza e un supporto considerevoli. Era consapevole del mio disagio in certe notti, come dimostra il suo gesto premuroso di tenere il telefono a portata di mano nel caso avessi bisogno di aiuto. Ci sono state occasioni in cui rimanevo sveglio la notte, incapace di dormire a causa della decisione del mio chirurgo di interrompere la mia terapia antidolorifica, che, sebbene efficace, ha proprietà assuefacenti. Una notte, mi sono ritrovato sopraffatto dall'emozione, non solo per il dolore, ma anche per la frustrazione della privazione del sonno e dei sintomi di astinenza.

Nel mio momento più buio, mi sono rivolta alla preghiera, affidando le mie lotte al Signore. Fu allora che sperimentai un potente incontro con il Signore, percependo una presenza seduta di fronte a me, che mi offriva conforto e comprensione. Egli condivise il mio dolore, ricordandomi il Suo sacrificio e la Sua sofferenza sulla croce e offrendomi una nuova prospettiva sulla mia sofferenza. Fu allora che compresi che il mio dolore era insignificante rispetto alla sofferenza che Gesù Cristo aveva sopportato sulla croce del Calvario a causa del mio peccato più di duemila anni fa.

Dopo un periodo di recupero di due mesi, ho riscontrato un miglioramento significativo. Sono riuscito a tornare al lavoro e a riprendere le mie attività preferite.

Dopo l'intervento al cuore, ho condotto uno stile di vita dinamico e sano, alimentando il mio allenamento costante in palestra, le escursioni del fine settimana e le rigeneranti passeggiate in spiaggia. Mi piaceva cucinare pasti sani e ho adottato abitudini sane che hanno migliorato il mio benessere.

Mentre continuavo a guarire, mi sono reso conto che le mie corde vocali erano state danneggiate dall'intubazione, eppure sono rimasto fiducioso e concentrato sulla mia guarigione. Questo è stato particolarmente frustrante perché la mia passione per il canto era stata significativamente compromessa. Purtroppo, non sono più in grado di cantare le note alte. In effetti, cantare è diventato estremamente difficile, eppure continuo a sperare che, un giorno, potrò cantare di nuovo.

Capitolo 5
Cercare la grazia di Dio

Prima di sottopormi all'intervento al cuore, il mio rapporto con il Signore era distante. Mi ero allontanato dalla retta via, vivendo la vita a modo mio, finché la malattia non mi ha costretto a riconsiderare la mia decisione. Ricordo con chiarezza che nel momento in cui il mio cardiologo mi diede la notizia che dovevo sottopormi a un intervento chirurgico immediato, seppi istintivamente di aver bisogno della guida e della preghiera di un pastore. In quel momento, provai un senso di risveglio spirituale; non ero sicuro che la mia fede mi avrebbe aiutato.

Frequentavo saltuariamente una chiesa vicina quando ne sentivo il bisogno, ma non avevo mai cercato di costruire relazioni o di partecipare alle attività della chiesa. Non era una priorità per me. Ciononostante, quando avevo bisogno di assistenza pastorale e volevo contattare la chiesa per pregare, facevo fatica a trovare un modo appropriato per contattarla, dato che il pastore e la congregazione non mi conoscevano così come io non conoscevo loro.

Mi sono rivolta ai social media per trovare conforto, contattando amici e familiari in tutto il mondo per chiedere preghiere e sostegno. Tutti mi avevano offerto conforto e preghiere. Sono profondamente grata a tutti coloro che sono stati una presenza costante in quei momenti difficili. Ricordo distintamente il mio pianto prolungato dovuto all'apprensione per la situazione. I miei medici del Cedars-Sinai mi hanno suggerito una valutazione psichiatrica, sospettando che stessi lottando contro la depressione. Dopo una visita con uno psichiatra, mi sono stati prescritti farmaci antidepressivi, che ho scelto di non assumere. Ero pienamente consapevole della mia situazione e il pianto è servito come mezzo di conforto e preghiera.

Mi sono promesso che, una volta guarito, avrei trovato una comunità ecclesiale a cui sentirmi a mio agio. Non credo che potrei sopportare un'altra situazione difficile senza un solido radicamento spirituale. Dopo la guarigione, ho iniziato a frequentare le funzioni religiose e la Harvest Rock Church di Pasadena, in California, è diventata il mio nuovo luogo di culto. Partecipare regolarmente alle funzioni domenicali e agli incontri di preghiera infrasettimanali in un luogo diverso mi ha portato un'immensa gioia e un profondo senso di appartenenza. Essere in chiesa, circondato da una comunità di fede, mi ha riempito di pace e felicità.

C'è qualcosa di veramente speciale nel celebrare insieme la lode, nell'elevare le nostre voci e nel sentire la presenza di Dio nella musica e nel messaggio. Ogni domenica, attendevo con ansia i canti di adorazione che mi toccavano il cuore e il sermone che offriva incoraggiamento e saggezza. Uno dei momenti più significativi per me è stato quando gli anziani hanno pregato per me. Le loro parole di fede e benedizione mi hanno dato conforto e forza. È stata un'esperienza intensa sentire il sostegno di coloro che hanno camminato fedelmente davanti a me, sostenendomi nella preghiera. Oltre al culto e al messaggio, ho apprezzato anche l'opportunità di incontrare nuovi amici. C'è una gioia unica nel entrare in contatto con persone che condividono la stessa fede e i miei stessi valori, creando legami che vanno oltre le funzioni domenicali.

Far parte della comunità della Harvest Rock Church è stata una vera benedizione e sono grato per ogni momento trascorso in comunione. Il lungo tragitto casa-lavoro e le limitate possibilità di parcheggio, tuttavia, hanno rappresentato sfide significative, così ho cercato la guida divina per una nuova chiesa. Il traffico a Los Angeles è notoriamente frustrante e la grande popolazione della città, quasi quattro milioni di abitanti, rende difficile spostarsi in modo efficiente.

Una domenica, ho frequentato la Core Church di Los Angeles, situata nel mio quartiere. Avevo frequentato la Core Church a intermittenza fin dalla sua fondazione, ma non mi ero mai impegnato pienamente perché non ero sicuro di essere pronto per una partecipazione attiva. Dopo averla frequentata per alcune settimane, ho chiesto al Signore di guidarmi e confermarmi se quello fosse il posto che Lui aveva in mente per me. In effetti, il Signore mi ha risposto in modo profondo e divino, e da quel momento in poi la Core Church di Los Angeles è diventata la mia casa spirituale e il mio santuario di gioia.

Come parte integrante di questa comunità di fede, ho coltivato amicizie significative e approfondito il mio rapporto con il Signore. Successivamente, mi sono sentito più coinvolto nella nostra comunità ecclesiale, il che mi ha permesso di realizzare il mio scopo come membro del corpo di Cristo. Credo fermamente che Dio ci abbia chiamati a servire uno scopo più alto in questa vita.

Or sappiamo che tutte le cose cooperano al bene di coloro che amano Dio, i quali sono chiamati secondo il suo disegno. Romani 8:28 (NR)

Riflettiamo spesso sullo scopo della nostra vita. Dio orchestra ogni evento della nostra vita, comprese le difficoltà. Dopo aver subito un intervento chirurgico al cuore, mi sono reso conto che il mio tempo su questa terra non era ancora finito. Avrei potuto affrontare la morte, ma continuavo a respirare, vivere e ad amare la mia vita rinnovata con il Signore, i miei cari e la mia famiglia della chiesa.

Ricevere un'altra possibilità di vita è stata ed è una vera benedizione. Conservo cari i ricordi della mia vita prima dell'intervento al cuore e, mentre affronto questo nuovo viaggio, mi sono reso conto del numero significativo di uomini e donne che combattono contro le malattie cardiache. Ho scoperto che ci sono altri come me; non ero solo. Molti sopravvissuti cercano di entrare in contatto con altri sopravvissuti, il che mi ha portato a trovare gruppi di supporto, sui social media e di persona, a cui ho partecipato per un breve periodo.

Le malattie cardiache sono una delle principali cause di morte in tutto il mondo. Secondo l'Organizzazione Mondiale della Sanità, le malattie cardiovascolari, tra cui infarti, ictus e altre patologie cardiache, sono responsabili di circa 17,9 milioni di decessi ogni anno, pari a circa il 32% di tutti i decessi globali.
1

Interagire con qualcuno che ha vissuto un'esperienza simile è stato immensamente benefico. Abbiamo condiviso comprensione e compassione reciproca per le sfide e le sofferenze di ciascuno. Fortunatamente, molte forme di malattie cardiache sono prevenibili attraverso cambiamenti nello stile di vita, diagnosi precoce e cure mediche appropriate. Mantenere un peso sano, seguire una dieta salutare per il cuore (come la dieta mediterranea), fare regolarmente attività fisica e gestire lo stress possono ridurre significativamente il rischio.

Quando ho iniziato il mio lavoro, ho sentito un profondo apprezzamento per il dono della normalità nella mia vita. Come specialista certificata e qualificata nell'assistenza neonatale, ho lavorato principalmente con neonati e occasionalmente ho ricevuto offerte per il ruolo di tata dopo aver instaurato un legame con una famiglia.

Ho avuto il privilegio di lavorare con numerose famiglie e sono profondamente grato per il loro sostegno e la loro gentilezza. Alcune di queste famiglie includono personaggi di alto profilo, e uno degli aspetti più gratificanti del mio lavoro è stato quello di mantenere i legami con loro nel corso degli anni. Sono stato molto grato di aver potuto assistere una di queste famiglie, perché irradiava gentilezza e generosità. La loro figlia è diventata parte integrante della mia vita, la sentivo come se fosse mia. Il nostro legame era profondo e, insieme, abbiamo creato ricordi indelebili che riempiono la mia vita di amore, risate e senso di appartenenza.

Vedere i miei bambini crescere e prosperare è davvero appagante e sono molto orgogliosa del ruolo che ho avuto nelle loro vite. Adoro i bambini! La loro innocenza è incredibilmente preziosa. Anche se non ho figli miei, sembra che li attragga naturalmente. Ho sempre considerato i bambini con cui ho lavorato come miei. Questo è il mio modo di contribuire alla società.

Essere single può essere un percorso impegnativo ma trasformativo, soprattutto quando si affrontano problemi di salute, ma la presenza costante di Dio è stata la mia roccia nei momenti di bisogno. Questo intensifica la mia gratitudine nelle mie circostanze, che io sia sposata o meno. Porre fine a una relazione durata quasi cinque anni è stata una delle decisioni più difficili che abbia mai preso. Amavo profondamente il mio ragazzo e allontanarmi da qualcuno con cui avevo condiviso così tanto è stato come strapparmi un pezzo di cuore, soprattutto subito dopo l'operazione al cuore. Ma sapevo che restare avrebbe significato sacrificare la mia felicità e i miei valori a lungo termine.

Ho capito quanto sia importante conoscere i propri bisogni e avere una visione per il futuro. Quando abbiamo iniziato a frequentarci, credevo che fossimo sulla stessa lunghezza d'onda su ciò che volevamo dalla vita. Parlavamo dei nostri sogni e obiettivi e, sebbene l'argomento del matrimonio non venisse fuori spesso nei primi anni, non ho mai dubitato che fosse qualcosa che prima o poi avremmo perseguito. Cinque anni sono un lungo periodo da investire in una relazione e, per molti versi, eravamo profondamente legati. Ma col tempo, ho iniziato a capire che il matrimonio non rientrava nei suoi piani a lungo termine. Amare qualcuno non dovrebbe significare compromettere i propri sogni o accontentarsi di meno di ciò di cui si ha bisogno.

Ripensandoci, vedo il mio intervento al cuore non solo come una guarigione fisica, ma anche come un risveglio emotivo. Mi ha ricordato la mia forza e l'importanza di dare priorità al mio benessere, mentre la rottura ha segnato la fine di un capitolo significativo della mia vita. Questo ha anche aperto le porte a un futuro in cui i miei valori e desideri saranno pienamente apprezzati e potrò confidare nella volontà di Dio nella mia vita. Solo Dio sa cosa è veramente meglio per noi e, come credente, ho imparato che devo riporre la mia fiducia solo in Gesù. Gesù conosce i nostri cuori e i nostri bisogni. La mia vita dipende da Lui e solo da Lui.

Capitolo 6
Attraverso il cuore selvaggio dell'America - Un viaggio senza fine

Mi sono sentito rivitalizzato nel riprendere la mia vita quotidiana, ispirato dalla mia passione per l'esplorazione dei parchi nazionali e per le nuove avventure. Nel corso degli anni, ho avuto il privilegio di visitare diversi parchi, e molti altri ne ho in programma. I miei viaggi sono stati un catalizzatore di crescita, alimentando la mia curiosità e il mio entusiasmo per la vita.

Nel marzo del 2023, in occasione del mio cinquantesimo compleanno, ho deciso di celebrare l'occasione con un viaggio speciale, accompagnato dalla mia cara amica di chiesa, Rebecca, all'insegna delle meraviglie della natura. Rebecca si è unita a me per un viaggio on the road alla scoperta di almeno nove parchi nazionali. Abbiamo iniziato la nostra avventura a Las Vegas, per poi attraversare gli splendidi paesaggi dello Utah e dell'Arizona, prima di tornare a Las Vegas per festeggiare il mio compleanno con una deliziosa cena.

Uno dei momenti salienti del nostro viaggio è stata la visita al Canyonlands National Park e alla Monument Valley. La vastità del parco e le spettacolari formazioni rocciose ci hanno lasciato entrambi a bocca aperta. Abbiamo trascorso il tempo ammirando gli ampi panorami, ogni punto panoramico offriva una prospettiva diversa sul terreno accidentato. Il silenzio del deserto era profondo, rendendo i paesaggi ancora più sacri. Ma è stato l'Antelope Canyon a conquistarmi davvero il cuore.

Mentre scendevamo negli stretti passaggi, i colori delle pareti del canyon cambiavano con la luce, creando un'atmosfera onirica. Scendere nella grotta per ammirarne la bellezza interiore è stato un momento che non dimenticherò mai. Il modo in cui la luce del sole illuminava le formazioni rocciose dall'alto creava immagini ipnotiche, ogni angolazione rivelava qualcosa di nuovo. La fluidità delle curve, i toni arancioni e viola intensi e le ombre danzanti mi hanno lasciato senza parole. C'è qualcosa nella strada aperta, nei paesaggi mutevoli e nel cielo infinito che mi ha sempre attratto.

I miei viaggi nei parchi nazionali americani sono stati più che semplici viaggi: sono stati viaggi in alcuni dei luoghi più mozzafiato e maestosi del mondo. Dalle imponenti formazioni rocciose di Sedona alla grandiosità travolgente del Grand Canyon, dalle aspre vette del Grand Teton alla bellezza surreale del Bryce Canyon, ogni parco ha lasciato un'impressione che mi rimane impressa a lungo dopo averlo lasciato.

Sion

Il Parco Nazionale di Zion è stato uno dei miei primi incontri con la bellezza selvaggia e selvaggia dell'Ovest. Guidando lungo le strade tortuose, mi sono ritrovato circondato da imponenti scogliere di arenaria rosso intenso, i cui colori cangianti cambiavano al variare del sole. Il fiume Virgin si faceva strada attraverso la valle, un'ancora di salvezza in un paesaggio altrimenti arido. Sono rimasto incantato dalla vastità di tutto ciò, dall'architettura della natura che si mostrava nel modo più spettacolare possibile.

Bryce Canyon

Un paesaggio di un altro mondo, non lontano da Zion, il Bryce Canyon mi ha dato la sensazione di essere su un altro pianeta. Le sottili formazioni rocciose a forma di guglia dei hoodoo si ergevano dalla terra in strani e ipnotici disegni, i cui colori brillavano all'alba e al tramonto. Osservando questo labirinto di sculture naturali dall'alto, mentre ero in piedi sul bordo, ho provato un senso di quieta meraviglia. Il paesaggio era stato plasmato nel corso di milioni di anni, eppure sembrava vivo, in costante mutamento con la luce e il passare del tempo.

Grand Teton

La maestosità delle montagne del Parco Nazionale del Grand Teton, nel Wyoming, era di una bellezza completamente diversa. Le cime frastagliate dei Teton dominavano l'orizzonte, riflettendosi nelle acque tranquille dei laghi sottostanti. Fare un'escursione al lago Jenny con la famiglia con cui lavoravo è stata un'avventura indimenticabile. La bellezza della zona, con le sue acque cristalline e le imponenti vette montuose, era maestosa.

Mentre procedevamo lungo il sentiero, avvertivamo un certo senso di eccitazione, sapendo che eravamo in una terra abitata dagli orsi. Anche se non ne abbiamo incontrati, le tracce fresche e gli escrementi che abbiamo trovato ci hanno ricordato che erano nelle vicinanze. Questo ha aggiunto un tocco di emozione e cautela all'escursione, spingendoci a rimanere all'erta per individuare eventuali segni di fauna selvatica. Anche se gli orsi rimanevano sfuggenti, il solo fatto di trovarsi in un ambiente così incontaminato e selvaggio ha reso l'esperienza ancora più speciale.

Il paesaggio mozzafiato, unito alla sensazione di essere nel cuore della natura, ha reso questa escursione un'esperienza indimenticabile. Ho trascorso il tempo semplicemente ammirando il panorama, osservando la nebbia pomeridiana che si alzava sul lago Jenny, avvistando la fauna selvatica nei prati e sentendo l'aria frizzante di montagna sulla pelle. Era il tipo di posto che mi faceva rallentare e apprezzare la quieta grandiosità della natura.

Yellowstone

Non potevo perdermi Yellowstone, il primo parco nazionale americano e uno dei luoghi più unici che abbia mai visitato. Non volevo perdere l'occasione di vedere Yellowstone, nemmeno da solo (beh, con un gruppo di turisti provenienti da diverse parti del paese che condividevano lo stesso interesse). Dai geyser gorgoglianti alle vivaci sorgenti termali, le meraviglie geotermiche di Yellowstone erano a dir poco ipnotiche.

Guardare l'Old Faithful eruttare in un getto di vapore e acqua è stato un momento di stupore, come se la terra stessa stesse mettendo in scena uno spettacolo. Anche la fauna selvatica del parco è stata un momento clou, con bisonti che pascolavano nei prati e alci che vagavano tra le foreste. Yellowstone sembrava il cuore della natura, pieno di energia e bellezza.

Il Grand Canyon

Una finestra sul passato, niente ti prepara davvero alla prima volta che vedi il Grand Canyon. Ero in piedi sul bordo, sopraffatto dalla sua vastità, dagli strati di roccia che rivelavano milioni di anni di storia. Con il cambiare della luce nel corso della giornata, i colori del canyon si trasformavano in arancioni bruciati al mattino, rossi intensi nel pomeriggio e tenui viola al tramonto. Mi sono ritrovato semplicemente a guardare, sentendomi piccolo nel migliore dei modi, ricordato di quanto antica e potente sia la Terra.

Sedona

Sedona era diversa da qualsiasi altro posto in cui fossi mai stata. Le formazioni rocciose rosse, modellate dal tempo e dal vento, conferivano al paesaggio un'atmosfera quasi mistica. Guidando con gli amici attraverso la zona, ogni curva rivelava un nuovo panorama mozzafiato. Cattedrali di pietra che si stagliavano contro il cielo azzurro, canyon scavati da fiumi ormai scomparsi e un'atmosfera al tempo stesso pacifica e potente. Che ammirassi il tramonto che dipingeva le rocce di sfumature dorate o semplicemente mi immergessi nella quiete del deserto, Sedona mi lasciava un profondo senso di connessione con la terra.

Ogni parco nazionale che ho visitato mi ha ricordato la bellezza e la vastità del mondo naturale. Questi luoghi mi hanno regalato momenti di stupore, riflessione e un apprezzamento più profondo per i paesaggi che caratterizzano questo Paese. Mentre mi trovavo in questi luoghi incredibili, non potevo fare a meno di pensare a quanto meravigliosamente Dio abbia creato la Terra: ogni montagna, canyon e deserto sembrava un riflesso della perfezione divina. Sebbene il mio viaggio mi abbia portato a percorrere molti chilometri, so che ci sono ancora innumerevoli meraviglie da vedere. Ed è proprio questo il bello. C'è sempre un'altra strada da percorrere, un altro panorama da ammirare, un altro angolo di natura selvaggia che aspetta di essere scoperto.

Grand Canyon, Arizona

Monument Valley, confine tra Utah e Arizona

Antelope Canyon, Arizona

Con Rebecca a Canyonlands, Utah

Bryce Canyon, Utah

Yellowstone, Wyoming

Lago Jenny, Grand Teton, Wyoming

Con Evelyn a Cathedral Rock, Sedona, Arizona

Capitolo 7
Lui è il mio scudo

Un pomeriggio d'estate del 2017, ho intrapreso un giro in bici elettrica, che si è rivelato un'avventura esaltante. Tuttavia, ho sottovalutato la velocità in discesa, che superava di gran lunga quella stradale. Sono stato preso dal panico e, dopo aver frenato, ho perso il controllo e sono caduto, sbattendo la testa e il gomito. Sono stato immediatamente portato al pronto soccorso dell'UCLA per una TAC cranica e una radiografia al gomito. Fortunatamente, il mio casco di alta qualità ha evitato un trauma cranico, ma ho riportato una frattura al gomito che ha richiesto un intervento chirurgico.

Secondo la Mayo Clinic:

"L'intervento di sostituzione del gomito rimuove le aree danneggiate dell'articolazione del gomito e le sostituisce con parti in metallo e plastica. Queste sono note come impianti. Questo intervento è anche chiamato artroplastica del gomito. Tre ossa si incontrano nel gomito." [2]

Dopo l'intervento di artroplastica al gomito, mi sono sottoposto a una serie di sedute di fisioterapia per favorire una rapida guarigione. In seguito a una frattura del gomito, la fisioterapia viene comunemente intrapresa per accelerare il recupero e recuperare la completa ampiezza di movimento dell'articolazione. Inoltre, rafforza la forza e la mobilità di gomito, braccio, spalla e polso.

Per mesi, ho dovuto affrontare numerose sfide. È difficile comprendere la complessità di gestire le attività quotidiane con un solo braccio. Il nostro corpo è progettato in modo magistrale, con ogni componente che svolge uno scopo specifico. Ho faticato a immaginare di poterlo fare con un solo braccio, perché le attività quotidiane – come guidare, cucinare, fare la doccia e persino semplici azioni come mettere le lenti a contatto o piegare i vestiti – sarebbero diventate sfide scoraggianti. Sono stato sollevato dal fatto che l'entità della lesione fosse una frattura al braccio, perché le conseguenze avrebbero potuto essere ben peggiori.

Sebbene le sfide della vita possano essere schiaccianti, offrono anche opportunità di crescita, alimentando un percorso di scoperta di sé, resilienza e trionfo. Cogliendo ogni momento, possiamo liberare e realizzare appieno il nostro potenziale. Ogni nuovo giorno porta con sé una rinnovata speranza, l'opportunità di intrecciare un ricco arazzo di esperienze e vivere una vita di meraviglia, stupore e gioia. Vivere con uno scopo ci permette di entrare in contatto con la bellezza della vita e di apprezzarne il valore.

Salmo 91
La sicurezza di chi confida nel SIGNORE
(NASB 1995)

¹ *Chi abita al riparo dell'Altissimo riposa all'ombra dell'Onnipotente.* ² *Io dico al SIGNORE: «Mio rifugio e mia fortezza, mio Dio, in cui confido!».* ³ *Poiché egli ti libera dal laccio del cacciatore e dalla peste micidiale.* ⁴ *Egli ti coprirà con le sue penne, e sotto le sue ali troverai rifugio; la sua fedeltà ti sarà scudo e baluardo.*

⁵ *Non temerai il terrore della notte, né la freccia che vola di giorno,* ⁶ *la peste che vaga nelle tenebre, né lo sterminio che devasta a mezzogiorno.* ⁷ *Mille cadranno al tuo fianco e diecimila alla tua destra, ma a te non si avvicineranno.* ⁸ *Solo guarderai con i tuoi occhi e vedrai la retribuzione degli empi.* ⁹ *Poiché hai fatto del SIGNORE il mio rifugio, dell'Altissimo la tua dimora.* ¹⁰ *Nessun male ti colpirà, né piaga alcuna si accosterà alla tua tenda.*

¹¹ *Poiché egli darà ordine ai suoi angeli a tuo riguardo, di custodirti in tutte le tue vie.* ¹² *Essi ti porteranno sulle loro mani, perché il tuo piede non inciampi in alcuna pietra.* ¹³ *Camminerai sul leone e sull'aspide, schiaccerai il leoncello e il serpente.*

¹⁴ *«Poiché mi ha amato, io lo libererò; lo porrò al sicuro in alto, perché ha conosciuto il mio nome.* ¹⁵ *Egli mi invocherà, e io gli risponderò; sarò con lui nella sventura, lo libererò e lo glorificherò.* ¹⁶ *Lo sazierò di lunga vita e gli farò vedere la mia salvezza».*

Il Salmo 91 descrive la protezione divina di Dio e l'amore per il Suo popolo. Il Signore è il mio rifugio e la mia fortezza incrollabili. Mi ispira a confidare in Lui, nonostante gli ostacoli della vita. La Sua promessa di affidare agli angeli la mia cura dimostra il Suo amore, che è la mia sicurezza. Poiché Egli conosce intimamente il mio nome, invocherò il Suo nome, certo della Sua risposta. Queste straordinarie promesse di Dio Onnipotente sono fonte di consolazione! Dio è la personificazione dell'amore e la Sua misericordia dura per sempre.

Nonostante le avversità, la vita deve continuare. Le difficoltà della vita sono opportunità per superare le sfide. Con fede, confidiamo che la potenza di Dio interceda per noi. Ripensando al mio cammino, soprattutto durante il periodo dell'intervento al cuore, il Salmo 91 è diventato per me fonte di pace e forza. Affrontare un momento così sconvolgente mi ha fatto sentire vulnerabile in modi mai sperimentati prima. Le parole "Chi abita al riparo dell'Altissimo riposa all'ombra dell'Onnipotente" mi ricordavano costantemente che non ero sola, che Dio era con me, proteggendomi, anche nella mia paura e incertezza.

Durante la mia convalescenza, meditavo spesso sul versetto: "Ti coprirà con le sue piume e sotto le sue ali troverai rifugio". Mi dava conforto immaginarmi al riparo delle cure di Dio, come un bambino protetto da un genitore amorevole. Fu in quei momenti di quiete e riflessione che mi resi conto di quanto avessi bisogno non solo di guarigione fisica, ma anche di rinnovamento emotivo e spirituale.

Il Salmo 91 mi ha anche dato chiarezza sulla mia relazione. Mi ha ricordato che Dio ha un piano per la mia vita, un piano che include pace, amore e appagamento. Il versetto "Lo sazierò di lunga vita e gli mostrerò la mia salvezza" è diventato un invito a dare priorità al mio benessere e ad avere fiducia che Dio mi avrebbe indicato la strada giusta. Porre fine alla mia relazione non è stata una decisione facile, ma sapevo di dover allineare la mia vita alle promesse di Dio per me. La garanzia di protezione del salmo mi ha dato il coraggio di lasciar andare un amore che non era più in linea con il mio futuro, confidando che Dio mi avrebbe guidato verso qualcosa di più grande.

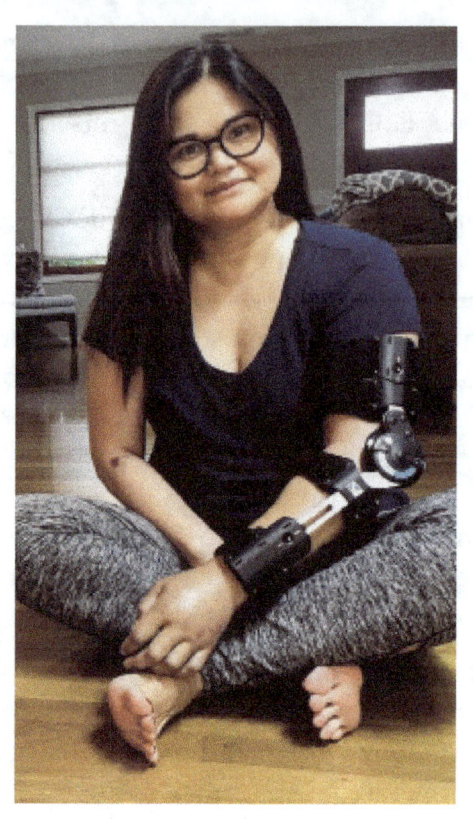

Capitolo 8 Mai
soli

Nel dicembre 2018 sono stato invitato alle Hawaii da una famiglia con cui lavoravo.

Uno dei miei momenti preferiti delle Hawaii era aspettare il tramonto. I tramonti alle Hawaii sono davvero magici. I colori che si fondono nel cielo, riflettendosi sull'oceano, sono semplicemente mozzafiato. È uno spettacolo mozzafiato della bellezza della natura che non smette mai di suscitare stupore e meraviglia. Il Mauna Kea Beach Hotel sulla Big Island offre una vista mozzafiato del tramonto sull'oceano. La famiglia con cui sono andata preferiva la Big Island come destinazione e ho avuto la fortuna di partecipare alle loro feste, che trascorrono con i familiari ogni Natale e Capodanno.

Durante il mio soggiorno, ho avvertito forti dolori addominali che si sono intensificati, nonostante il clima piacevole e i tramonti. Le mie condizioni sono peggiorate al punto da richiedere riposo e farmaci, il che purtroppo ha esacerbato i miei sintomi. Ho accusato forti vertigini e difficoltà di mobilità, che alla fine mi hanno portato al pronto soccorso del Queens North Hawaii Community Hospital di Kamuela.

Avevo già provato dolori addominali in passato, abbastanza da sapere che spesso segnalavano l'inizio del ciclo. Era un dolore familiare, qualcosa che avevo imparato a gestire nel corso degli anni, ma questa volta c'era qualcosa di diverso. Il dolore non era solo fastidioso; era acuto, incessante e peggiorava di ora in ora. All'inizio, ho cercato di resistere, convincendomi che fosse solo un altro ciclo difficile. Ma presto, l'intensità è diventata insopportabile. Una sensazione profonda e lancinante si è irradiata nel basso ventre, rendendomi difficile muovermi e respirare. Qualcosa non andava.

Quando sono arrivata al pronto soccorso, ero sopraffatta dal dolore e dall'incertezza. Ogni minuto sembrava un'eternità, mentre i medici lavoravano rapidamente per valutare cosa stesse succedendo. Esami, ecografie, conversazioni a bassa voce, potevo leggere la preoccupazione sui loro volti prima ancora che parlassero. Poi è arrivata la risposta: avevo un'emorragia interna.

Le parole mi penetrarono lentamente, il loro peso mi opprimeva. Sanguinare... Dentro... La realtà di essere sotto Coumadin, un anticoagulante, rendeva la situazione ancora più pericolosa. La mia mente era piena di domande. Sarebbero riusciti a fermarlo? Avrei avuto bisogno di un intervento chirurgico? Sentivo il mio corpo indebolirsi, prosciugato dalla battaglia interiore invisibile.

L'équipe medica si è mossa rapidamente, soppesando attentamente le mie condizioni e i rischi. Ho riposto la mia fiducia in loro, ma più di tutto, ho pregato. Ho avuto appena il tempo di elaborare ciò che stava accadendo prima che i medici mi chiarissero che avevo bisogno di un intervento chirurgico. L'emorragia non si fermava da sola e, con il Coumadin in circolo, il rischio era ancora maggiore. Le parole mi sembravano pesanti, ma sapevo che non c'era altra scelta.

Mentre mi preparavano per l'intervento, un'ondata di emozioni mi travolse. Paura. Incertezza. Esaurimento. Il mio corpo aveva già sopportato così tanto, e ora dovevo arrendermi completamente, affidandomi alle mani dei chirurghi per fermare l'emorragia e farmi uscire sana e salva. Pensai a tutto quello che avevo passato mentre giacevo lì: i miei problemi di salute, la mia resilienza, le preghiere che mi avevano aiutato a superare tutto. Ne sussurrai una ora, chiedendo a Gesù di essere con me, di guidare i medici, di sostenermi nell'ignoto.

Prima dell'intervento chirurgico, avevo bisogno di trasfusioni di sangue e infusioni di vitamina K per via endovenosa. Avevo perso *più di quattro litri* di sangue. Ero terrorizzata! Non mi aspettavo di trovarmi in una situazione così terribile, completamente sconosciuta a me. La mia unica risorsa fu chiedere ai miei amici della chiesa di pregare per il mio intervento chirurgico d'urgenza. Mentre conversavo con gli altri membri della chiesa e chiedevo le loro preghiere, provai un senso di urgenza e incertezza riguardo all'esito della mia vita. Paura e ansia mi impedivano di riflettere sulle implicazioni post-operatorie. Mentre affrontavo una situazione difficile, ricordo chiaramente di aver pregato con grande intensità per la vigile cura del Signore, incerta sull'esito. Ero determinata a non morire alle Hawaii e, invece, desideravo tornare a Los Angeles per ricongiungermi con amici e familiari.

Mentre mi preparavano per essere portato in sala operatoria, una delle due infermiere che mi accompagnavano mi chiese se avessi bisogno di qualcosa prima di procedere. Chiesi di pregare. Fortunatamente, entrambe le infermiere erano cristiane e pregarono subito per me. Quelle preghiere mi diedero un senso di conforto e la certezza di non essere solo e che Dio aveva mandato i Suoi angeli per starmi accanto. Che benedizione! Ancora una volta, Dio mi ha confermato che non mi avrebbe mai lasciato né abbandonato. Durante il mio soggiorno al Mauna Kea Beach Hotel, ho sperimentato un incredibile atto di gentilezza che non dimenticherò mai. Il direttore generale dell'hotel ha contattato personalmente l'ospedale per assicurarsi che ricevessi le cure di cui avevo bisogno. Quel livello di premura e ospitalità è stato davvero commovente.

Non solo il personale dell'hotel è stato attento, ma anche l'ospedale ha fatto di tutto per assicurarsi che fossi a mio agio durante tutto il mio soggiorno. La loro gentilezza e compassione hanno trasformato quella che avrebbe potuto essere una situazione stressante in una in cui mi sono sentito accudito e supportato. È stato un grande promemoria della bontà delle persone e di come piccoli gesti di gentilezza possano fare la differenza. L'operazione è durata diverse ore e, sebbene mi sentissi nauseato al risveglio, ero grato di aver superato la procedura. Ero grato di essere vivo, nonostante la quantità di sangue che avevo perso e l'ampia incisione sull'addome.

Il chirurgo mi ha informato che doveva asportarmi l'ovaia destra a causa della rottura di una cisti. Non c'è da stupirsi che provassi così tanto dolore. È interessante notare che il sanguinamento spontaneo è una complicanza nota dell'uso di Coumadin. Dopo aver subito una notevole perdita di sangue, ho dovuto sottopormi a diverse trasfusioni di sangue per ristabilire la normale circolazione sanguigna. L'idea di avere sangue esterno che scorreva nelle mie vene era snervante. Pur apprezzando il sangue donato, non ho potuto fare a meno di riflettere sull'identità del donatore e sperare che possedesse una buona condotta morale.

Il mio chirurgo mi ha detto di rimanere sull'isola per qualche giorno dopo l'intervento prima di tornare a Los Angeles. L'incisione, lunga quasi 11 cm, rischiava di rompersi durante il volo a causa della pressione atmosferica e della possibile formazione di coaguli di sangue. Fortunatamente, sono stato autorizzato a lasciare la Grande Isola una settimana dopo l'intervento, ma ho dovuto prendere precauzioni extra per evitare complicazioni.

Mi è stato chiesto di iniettarmi Lovenox (Enoxaparina) nello stomaco, una procedura che temevo a causa della sua natura dolorosa e del potenziale rischio di gravi ecchimosi nella zona addominale. Lovenox è un anticoagulante che aiuta a prevenire la formazione di coaguli di sangue. Avendo ricevuto una valvola cardiaca meccanica, conoscevo Lovenox, che viene comunemente prescritto dopo l'intervento e somministrato due volte al giorno fino a quando il mio livello di INR (International Normalized Ratio) non è tornato nella norma. Una volta normalizzato, ho potuto tornare alla mia normale routine di Coumadin. Inizialmente, ero ansioso all'idea di iniettarmi Lovenox, temendo danni ai nervi e lividi eccessivi. Tuttavia, man mano che mi abituavo, mi sentivo sempre più a mio agio.

Sono grata per il supporto del mio datore di lavoro, del personale della compagnia aerea e dei dipendenti dell'aeroporto, che mi hanno permesso di tornare a casa sana e salva. Grazie al loro aiuto e alla grazia di Dio, ho trascorso un viaggio di ritorno senza intoppi e sono fortunata ad essere viva e in salute. Come raccomandato dal mio chirurgo, ho fissato un appuntamento con il mio ginecologo/ostetrico il prima possibile al mio arrivo per garantire un esame approfondito delle mie incisioni e affrontare eventuali problemi post-operatori che potrebbero sorgere. Il mio ginecologo/ostetrico ha espresso preoccupazione dopo aver appreso dell'incidente e mi ha ricordato la sua precedente insistenza per una spirale a causa del mio eccessivo sanguinamento mestruale dovuto all'uso di Coumadin. Ha osservato che i cicli abbondanti sono collegati alle cisti ovariche, che possono portare a emorragie interne, come purtroppo è accaduto nel mio caso.

Ero riluttante a usare la spirale perché non ero sposata e non avevo alcuna esperienza con la contraccezione. Tuttavia, il mio ginecologo mi ha spiegato che la spirale ha un duplice vantaggio: contraccettivo e sollievo dalle mestruazioni abbondanti. Dopo esami approfonditi, una biopsia e un'ulteriore procedura, ho dato il mio consenso all'inserimento della spirale.

Non ero a conoscenza del grave impatto dell'uso di Coumadin sul mio benessere generale. Se ne fossi stata informata, probabilmente avrei scelto una valvola biologica invece di un dispositivo meccanico. Tuttavia, la prospettiva di sottopormi a un intervento chirurgico a cuore aperto ogni otto-dieci anni è scoraggiante. Nel mio caso, la spirale Mirena si è dimostrata una soluzione altamente efficace. Sono passati circa cinque anni e non ho avuto alcun sanguinamento addominale durante questo periodo.

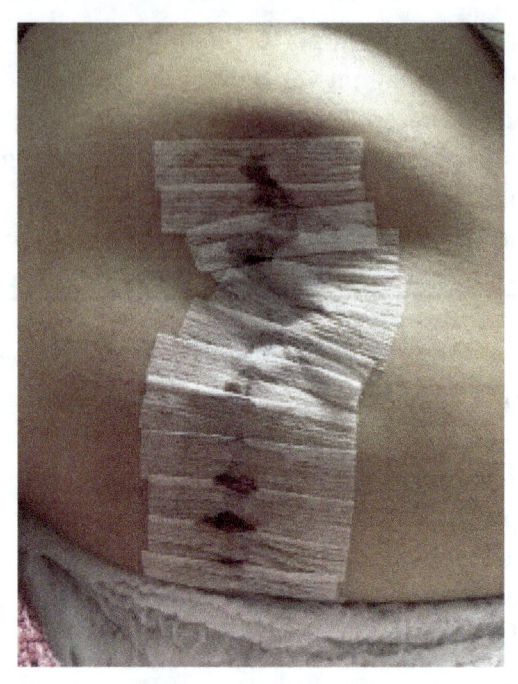

Capitolo 9
La perdita al tempo del COVID-19

Era passato un anno e ho avuto la fortuna di tornare sulla Big Island nel dicembre del 2019 per godermi appieno quel momento di tranquillità e pace. A quel tempo, il COVID era emerso a Wuhan, in Cina, ed era inimmaginabile che si sarebbe diffuso a livello globale nel giro di poche settimane. La pandemia di Coronavirus ha colpito l'America all'inizio del 2020, scatenando uno stato di panico quando, a febbraio, sono stati registrati i primi decessi, portando il presidente a dichiarare lo stato di emergenza nazionale.

Dopo il ritorno dalla mia vacanza alle Hawaii, mi sono ammalato gravemente, probabilmente a causa del contatto con bambini che si sono ammalati dopo la ripresa della scuola a gennaio, piuttosto che a causa del viaggio stesso. Ho interagito a stretto contatto con diversi bambini dopo la scuola, incluso uno che era gravemente malato. Ho manifestato gravi sintomi simil-influenzali, che hanno richiesto un'intera settimana di recupero, e ho avuto una tosse persistente per oltre due settimane. Sebbene il test per il COVID-19 non fosse disponibile, sono risultato positivo al virus dell'influenza e la mia malattia non è stata registrata come COVID-19. Ho avuto la fortuna di evitare il ricovero ospedaliero e sono guarito completamente dopo aver assunto farmaci da banco e, in seguito, antibiotici che mi erano stati prescritti per curare la mia tosse persistente, che è durata più di due settimane.

Molte persone che conosco avevano paura della pandemia, il che le ha spinte ad acquistare in preda al panico e ad agitarsi ulteriormente nei confronti delle persone intorno a loro. Le persone si arrabbiavano con gli altri per strada quando vedevano qualcuno senza mascherina. La gente si assumeva la responsabilità di sorvegliare gli altri ed era scortese. A metà aprile, tutti gli stati e i territori avevano dichiarato lo stato di calamità naturale a causa del crescente numero di casi. A causa della diffusa paura del Coronavirus, le persone sono state costrette a rimanere a casa e ai bambini è stato proibito di uscire, con conseguente chiusura a livello nazionale. Persino i luoghi di culto sono stati costretti a chiudere, una circostanza davvero tragica.

Nonostante abbia lavorato senza sosta durante la quarantena, sono stato uno dei fortunati a non aver contratto il virus prima che il vaccino fosse disponibile. Forse ho contratto il COVID-19 a gennaio 2020 e, poiché i test non erano disponibili a quel tempo, probabilmente avevo sviluppato gli anticorpi. Una mattina, il tragitto per andare al lavoro è stato particolarmente suggestivo: le autostrade erano prive di traffico, creando una scena inquietante e affascinante che mi ha fatto sentire come se fossi l'unica persona rimasta sul pianeta.

Quando il vaccino contro il COVID è diventato disponibile nel 2021, il mio cardiologo, il Dott. Schwarz, mi ha consigliato di vaccinarmi senza indugio a causa delle mie condizioni mediche pregresse. Gli studi hanno dimostrato l'elevata efficacia del vaccino nel prevenire malattie gravi, ricoveri ospedalieri e decessi. I risultati del CDC hanno rivelato che gli individui non vaccinati avevano una probabilità da 5 a 30 volte maggiore di contrarre l'infezione o di essere ricoverati in ospedale rispetto a quelli completamente vaccinati. [3]

Dopo un lungo periodo di riflessione sulla vaccinazione, ho deciso di vaccinarmi principalmente a causa della mia professione che mi vede coinvolta con i neonati, poiché le potenziali conseguenze della trasmissione del COVID-19 a un neonato erano troppo gravi da sopportare. Dopo aver ricevuto la prima dose di vaccino, ero asintomatica, quindi ho proceduto con la seconda dose sei mesi dopo, come raccomandato dagli esperti medici. Tuttavia, due settimane dopo la seconda dose, mi è stata diagnosticata la paralisi di Bell, un effetto collaterale riconosciuto del vaccino contro il COVID.

Secondo PubMed Central:

"La paralisi di Bell è una delle complicanze più preoccupanti del vaccino contro il COVID, che ha avuto un impatto negativo sull'accettazione del vaccino tra la popolazione generale. Questi vaccini sono stati introdotti per fornire immunità contro il coronavirus SARS-CoV-2 e si sono rivelati piuttosto efficaci. Non sapevamo che la paralisi di Bell potesse essere una delle sue gravi complicanze.

"La paralisi di Bell è una rara complicanza che può verificarsi dopo la somministrazione del vaccino contro il COVID-19. Questa revisione mira ad aumentare la consapevolezza su questo raro evento avverso del vaccino, in modo che possa essere affrontato e gestito correttamente. Inoltre, servirà come base per la ricerca futura sulla somministrazione del vaccino contro il COVID-19." [4]

Secondo la Mayo Clinic:

La paralisi di Bell è una condizione che causa un'improvvisa debolezza nei muscoli di un lato del viso. Spesso la debolezza è di breve durata e migliora nel corso delle settimane. La debolezza fa sì che metà del viso sembri cadente. I sorrisi sono unilaterali e l'occhio del lato interessato è difficile da chiudere.

La paralisi di Bell è anche nota come paralisi facciale periferica acuta di origine sconosciuta. Può manifestarsi a qualsiasi età. La causa esatta non è nota. Gli esperti ritengono che sia causata dal gonfiore e dall'irritazione del nervo che controlla i muscoli di un lato del viso. La paralisi di Bell potrebbe essere causata da una reazione che si verifica dopo un'infezione virale.

"I sintomi di solito iniziano a migliorare entro poche settimane, con una completa guarigione in circa sei mesi. Un piccolo numero di persone continua a presentare alcuni sintomi della paralisi di Bell per tutta la vita. Raramente, la paralisi di Bell si verifica più di una volta." [5]

Ho avuto sintomi lievi, probabilmente perché mi sono recato al pronto soccorso del Cedars-Sinai e ho ricevuto cure mediche tempestive, tra cui una risonanza magnetica, steroidi orali, protezioni per gli occhi e antivirali per alleviare il dolore. La mia paralisi facciale era piuttosto evidente e i miei occhi erano estremamente sensibili alla luce e molto secchi, rendendo impossibile indossare lenti a contatto. Sono sollevato che la paralisi facciale sia passata in gran parte inosservata a causa dell'uso diffuso di mascherine durante la pandemia di COVID. Tuttavia, provavo ansia ogni volta che mi guardavo allo specchio, poiché la compromissione aveva compromesso la mia capacità di sorridere. Ci sono voluti almeno sei mesi prima che il mio viso riacquistasse un senso di normalità.

Dopo essermi ripreso dalla paralisi di Bell, ho contratto il COVID-19. Fortunatamente, i miei sintomi sono stati relativamente lievi rispetto a quelli sperimentati da molte altre persone. Sono grato di non aver mai dovuto essere ricoverato in ospedale e, vivendo da solo, non ho avuto preoccupazioni di trasmettere il virus ad altri. Ho potuto usufruire del servizio di consegna della spesa, quindi non ho mai dovuto uscire di casa. I miei sintomi includevano una febbre persistente per circa ventiquattro ore, accompagnata da dolori muscolari e tosse secca che si sono protratti per quasi due settimane.

Il COVID-19 mi ha portato un dolore profondo: ho perso sia un cugino che il mio caro zio, Lolong, a causa del virus. Mio cugino era così giovane, se n'è andato troppo presto, e mio zio era qualcuno con cui non vedevo l'ora di trascorrere del tempo al mio ritorno nel mio paese d'origine. La consapevolezza che non c'è più lascia un vuoto nel mio cuore che le parole non possono esprimere appieno. Perderli è stato devastante non solo per me, ma per tutta la famiglia. Il dolore persiste, soprattutto nei momenti in cui penso a cosa sarebbe potuto essere: conversazioni inespresse e ricordi che non siamo mai riusciti a creare. La loro assenza è profondamente sentita, ma mi aggrappo all'amore e ai ricordi che abbiamo condiviso, custodindoli per sempre nel mio cuore.

Ringrazio il Signore Gesù per essere la mia roccia, permettendomi di superare gli ostacoli. Sono profondamente grato ai miei amici di chiesa e ai guerrieri della preghiera, che sono stati una fonte costante di sostegno e incoraggiamento. La loro disponibilità a fornire aiuto e preghiere è stata straordinaria e, insieme, siamo diventati più forti nella nostra fede.

Il Signore è la mia forza e il mio scudo;

Il mio cuore confida in Lui,

E sono aiutato;

Perciò esulta il mio cuore,

E con il mio canto lo celebrerò. Salmo 28:7 (NR)

Ogni prova si trasforma in un'opportunità d'oro per approfondire la nostra fede, sapientemente progettata per rafforzare ed espandere la nostra fiducia nel nostro Signore Gesù. Anche se a volte posso inciampare, soprattutto di fronte alle avversità, resto risoluto nella mia convinzione che le mani di Dio sono costantemente su di me, qualunque cosa la vita mi riservi. Lui è la mia forza incrollabile, il mio conforto sconfinato e il mio scudo impenetrabile.

Salmo 103
Lode per le misericordie del Signore

Un Salmo di Davide

(NASB 1995)

¹ *Benedici il SIGNORE, anima mia, e tutto ciò che è in me benedica il suo santo nome.* ² *Benedici il SIGNORE, anima mia, e non dimenticare nessuno dei suoi benefici.* ³ *Egli perdona tutte le tue iniquità, guarisce tutte le tue infermità,* ⁴ *salva la tua vita dalla fossa, ti corona di bontà e di compassioni,* ⁵ *sazia di beni i tuoi anni, e la tua giovinezza si rinnova come l'aquila.*

⁶ *Il Signore compie opere giuste e giudizi verso tutti gli oppressi.* ⁷ *Egli fece conoscere a Mosè le sue vie, Le sue opere verso i figli d'Israele.* ⁸ *Il Signore è misericordioso e pietoso, lento all'ira e ricco di benignità.* ⁹ *Non contenderà con noi in eterno, né conserverà la sua ira per sempre.* ¹⁰ *Non ci ha trattato secondo i nostri peccati, né ci ha ripagato secondo le nostre iniquità.* ¹¹ *Poiché quanto i cieli sono alti al di sopra della terra, Così grande è la sua misericordia verso quelli che lo temono.* ¹² *Quanto è lontano l'oriente dall'occidente, tanto ha egli allontanato da noi le nostre colpe.* ¹³ *Come un padre ha pietà dei suoi figli, così il SIGNORE ha pietà di quelli che lo temono.* ¹⁴ *Poiché egli conosce la nostra natura; egli sa che siamo polvere.*

¹⁵ *Quanto all'uomo, i suoi giorni sono come l'erba; come un fiore del campo, così egli fiorisce.* ¹⁶ *Quando il vento lo investe, più non è, e il suo posto non lo riconosce più.* ¹⁷ *Ma la benignità del SIGNORE è da sempre, per sempre, per quelli che lo temono, e la sua giustizia per i figli dei figli,* ¹⁸ *per quelli che osservano il suo patto e si ricordano dei suoi precetti per metterli in pratica.*

¹⁹ *Il Signore ha stabilito il suo trono nei cieli, E la sua sovranità domina su tutto.* ²⁰ *Benedite il SIGNORE, voi suoi angeli, potenti e forti, che eseguite la sua parola, ubbidite alla*

voce della sua parola! [21] Benedite il SIGNORE, voi tutte, sue schiere, voi che lo servite, facendo la sua volontà. [22] Benedite il SIGNORE, voi tutte, opere sue, in tutti i luoghi del suo dominio; benedite il SIGNORE, anima mia!

Che maestoso salmo di Re Davide! Dio perdona i nostri peccati, non importa quanto siano grandi. Dio è il mio Guaritore supremo, la mia speranza nei momenti di calamità e mi circonda con il Suo amore costante e rinnova la mia forza come un'aquila. Egli è lento all'ira, abbonda nell'amore, estende la grazia invece della punizione che merito, perdona i miei peccati tanto quanto è lontano l'oriente dall'occidente.

Tu, Signore, mi hai donato tanta grazia e misericordia. La tua giustizia è eterna, il cielo è il tuo trono, la terra è lo sgabello dei tuoi piedi e tu regni su ogni cosa. Grazie, Abba Padre, per essere così buono con me nonostante me.

Ho il privilegio di adorare un Dio straordinario che esemplifica potenza e amore infinito. Il Re dei Re e il Signore di tutti!

Capitolo 10
La fede mi ha aiutato a superare tutto

Dopo il declino del COVID, la vita è tornata alla normalità. Le persone hanno iniziato ad uscire, i ristoranti hanno riaperto, le mascherine sono scomparse e le attività commerciali hanno ripreso le attività. L'esperienza di vivere la pandemia di COVID-19 mi ha fornito una preziosa comprensione dell'importanza di essere produttivi e resilienti in tempi incerti. Mentre le circostanze esterne possono cambiare da un giorno all'altro, la natura di Dio rimane immutata. Egli è lo stesso ieri, oggi e per sempre. Invece di scoraggiarci per le sfide che affrontiamo, dovremmo abbandonarle completamente al Signore. Grazie a questa esperienza, ho accresciuto la mia fede e la mia fiducia in Lui, riconoscendo che Egli è sovrano su tutte le cose in cielo e in terra.

La mia salute era in miglioramento, senza complicazioni legate a emorragie o problemi cardiaci. Avevo ripreso con successo la mia routine quotidiana e avevo iniziato a viaggiare con gli amici e, a volte, anche da solo. Ho avuto la fortuna di vivere una svolta straordinaria nella mia vita, e i miei precedenti problemi di salute sono diventati un lontano ricordo. Per fortuna, il mio processo di guarigione è stato completamente naturale e sono grato per una comunità che sostiene i miei sforzi. Ho assunto un ruolo più attivo nella mia chiesa, partecipando ad attività di gruppo e unendosi al gruppo di studio domestico. Essere un membro attivo della comunità è un privilegio e una benedizione, che si traduce in amicizie durature e in un senso di appartenenza. Ho coltivato legami significativi con la mia comunità e mi impegno nei suoi confronti come parte fondamentale del corpo di Cristo.

Ogni giorno, i miracoli si verificano intorno a noi, anche se non riusciamo a riconoscerli. La loro apparente invisibilità non ne confuta la realtà. Dio, l'Architetto dei miracoli, opera in modi misteriosi che trascendono la nostra comprensione, i nostri desideri, la nostra fiducia e la nostra devozione. Affrontare numerosi problemi di salute non ha portato a sentimenti di abbandono, ma ha piuttosto rafforzato la mia resilienza e approfondito la mia fede in Gesù Cristo. Sono fiducioso che Lui sia presente con me durante le mie lotte, guidandomi verso la guarigione e il recupero.

Nel corso della nostra vita, incontriamo numerose prove e sfide che richiedono la nostra determinazione e la nostra forza. Come afferma con eloquenza il mio pastore, Steve Wilburn, il nostro viaggio terreno è caratterizzato sia dalla gioia che dalla sofferenza, mentre in cielo sofferenza e dolore non ci sono più.

Erano passati due anni dall'ultima volta che avevo avuto problemi di salute e davo per scontato di essere in buona salute e di non avere sintomi da segnalare. Tuttavia, nel giugno del 2024, ho sofferto di un forte mal di testa, che inizialmente ho pensato fosse un normale mal di testa.

Quella mattina mi sono svegliato disorientato e facevo fatica a ricordare i miei impegni, ma sapevo che dovevo incontrare Josephine, quindi l'ho chiamata per confermare l'appuntamento. Nonostante il mal di testa, sono andato a prendere mia cugina al lavoro. Mentre aspettavo in macchina, il mio mal di testa si è intensificato, così, quando è arrivata, le ho chiesto di chiamare la mia amica Evelyn, un'infermiera diplomata, perché ci accompagnasse al pronto soccorso del Kaiser Permanente per una visita di controllo. Per fortuna, Evelyn era disponibile a fornire supporto ed è arrivata rapidamente.

Mentre raggiungevamo l'ospedale, ricordo che il reparto di pronto soccorso era sovraffollato di pazienti, tanto che Josephine ed Evelyn mi portarono al pronto soccorso, che condivideva la stessa struttura. Ricordo distintamente di essere stato portato dentro in sedia a rotelle, poi da quel momento in poi, i miei ricordi degli eventi diventano confusi.

Dopo aver ripreso conoscenza, il medico mi informò che ero stato sottoposto a importanti procedure mediche e mi consigliò di riposare. Ricordo distintamente che il medico mi rivelò che la mia testa era stata rasata, cosa che confermai tattilmente, rivelando la mia calvizie. Inoltre, il medico spiegò che ero stato sottoposto a un intervento chirurgico al cervello e sottolineò l'importanza di evitare di sdraiarmi sul lato destro della testa, poiché una parte del mio cranio era stata asportata. Fui sopraffatto da devastazione, dolore e disperazione totale quando realizzai cosa era successo. Sebbene fossi vigile, ansia e terrore mi attanagliavano intensamente; ero consumato dalla paura.

Nella mia confusione iniziale, pensai di essere morto, ma presto mi resi conto che probabilmente era un sogno. Ricordo vividamente il mio incontro con l'ignoto durante un intervento chirurgico. Ero su un freddo tavolo di acciaio inossidabile, intirizzito, e c'erano delle sagome intorno a me, ma non riuscivo a vedere i loro volti a causa dell'oscurità, il che dava l'impressione che indossassero delle maschere. Alcune di loro assomigliavano a dei minion, mentre altre sembravano alte.

Uno di loro disse: "Hai finito", e io risposi: "No, non è vero". Loro risposero: "Sei solo. Hai finito!". Io risposi: "Dio ha promesso che non mi lascerà né mi abbandonerà mai". Mi sentivo come se stessero cercando di intimidirmi. Rimasi in pace e sembravo possedere la capacità di leggere le loro menti. Si guardarono confusi, apparentemente perplessi dalla mia impavidità. Alcuni cercarono di trattenermi, ripetendo ripetutamente: "Hai finito!".

Ricordo chiaramente di aver affermato: "Nel nome di Gesù, non hai alcuna autorità sulla mia vita! Non hai alcun potere sulla mia vita! Sono protetto dal sangue di Gesù!". Poco dopo, mi resi conto che stavo scacciando le forze del male! Dopo aver pronunciato il nome di Gesù, tutte svanirono, e probabilmente mi risvegliai dall'operazione al cervello in quel momento. Il ricordo era così vivido che ne ricordo ogni dettaglio.

Mentre cercavo di ricordare gli eventi che avevano portato alla mia visita al pronto soccorso, mio cugino e un amico mi hanno informato che avevo perso conoscenza durante il tragitto e che ero stato prontamente ricoverato per una TAC cerebrale. I risultati hanno rivelato un'emorragia cerebrale, che richiedeva cure chirurgiche urgenti. Purtroppo, l'ospedale non disponeva di strutture neurochirurgiche, rendendo necessario il trasferimento in ambulanza in una struttura alternativa. Durante il tragitto verso un'altra sede del Kaiser Permanente per l'intervento al cervello, Josephine ed Evelyn erano preoccupate per le mie condizioni, incerte sulla mia sopravvivenza.

Evelyn comprese appieno la situazione e chiamò gli amici, chiedendo preghiere perché aveva riconosciuto il mio disperato bisogno di supporto spirituale. Evelyn è una delle mie amiche più fidate, sempre disponibile a offrirmi supporto, soprattutto quando ne avevo più bisogno. Siamo amiche da oltre trent'anni, ci siamo incontrate per la prima volta a Mosca, in Russia, in una piccola riunione di amici. La nostra amicizia si è approfondita notevolmente nel corso degli anni, con numerose esperienze condivise ed esplorazioni di diverse località della Russia, tra le altre avventure. Ho apprezzato molto il tempo trascorso insieme nell'ex Unione Sovietica.

Durante il mio percorso di salute, iniziato nel 2016, Evelyn è stata una compagna affidabile, offrendomi un supporto costante, come i miei cugini Pye e Josephine. Dopo il turno di notte al lavoro, ha preso l'iniziativa di venirmi a trovare in ospedale, portandomi del cibo confortante preparato dal suo amorevole marito, Lito. Il forte legame che abbiamo sviluppato nel corso degli anni è la testimonianza del nostro affetto reciproco duraturo.

Pye, la mia principale referente in caso di emergenza, è rimasta in costante contatto con il mio chirurgo durante l'intervento. Sebbene lavorasse mentre ero sottoposta alla procedura, il chirurgo la teneva informata di ogni fase, il che le causava un po' di ansia data la sua familiarità con il caso. Di conseguenza, ha contattato i miei fratelli per essere preparata in caso di complicazioni.

La mattina seguente, Pye mi ha fatto visita in ospedale per valutare le mie condizioni post-operatorie. Era preoccupata per i miei potenziali limiti e si chiedeva se l'avrei riconosciuta e quali deficit avrei potuto riscontrare dopo il mio calvario. Ha eseguito un esame neurologico per valutare eventuali limitazioni a livello cerebrale e fisico. Miracolosamente, ho avuto una guarigione straordinariamente rapida, recuperando la capacità di camminare, parlare e mangiare autonomamente nel giro di dodici ore. Mia cugina è rimasta sbalordita dai miei rapidi progressi e ha provato un immenso sollievo, dopo essere stata in ansia per l'intervento la sera prima.

Ho riconosciuto la necessità di preghiere abbondanti e ho prontamente avviato una comunicazione con i miei amici della chiesa, i pastori e la famiglia. Durante l'intervento, mia cugina ha informato Mahleen, una cara amica della chiesa, delle mie condizioni e le ha chiesto di pregare per me. Mahleen ha poi contattato altri amici della chiesa e uno dei nostri pastori per chiederle di pregare ulteriormente per me.

I miei amici, come angeli custodi, mi hanno circondato di amore e preghiere durante l'intervento chirurgico. Il loro incrollabile sostegno e la loro fede nella mia guarigione mi hanno sollevato il morale e mi hanno dato forza nei momenti più vulnerabili. Ogni preghiera era come un caldo abbraccio, rassicurandomi che non ero sola nel mio percorso. Le loro parole gentili e i loro gesti premurosi potrebbero non essere stati fisicamente al mio fianco in sala operatoria, ma le loro preghiere sono state sentite profondamente nel mio cuore, guidandomi verso la speranza e la guarigione.

Il giorno dopo l'operazione, ho chiamato alcuni di loro per dargli la notizia, ignorando che Mahleen li avesse contattati in precedenza. Sono rimasti stupiti nel trovarmi a conversare con disinvoltura, come se nulla fosse accaduto. Sebbene avessi subito un importante intervento chirurgico al cervello, il divino ha sovranità su ogni cosa. Riflettendo sulla mia vita, riesco a discernere il DNA di Dio evidente intorno a me. Gli innegabili miracoli e la mia riuscita guarigione da un lungo e impegnativo intervento chirurgico al cervello sono una profonda benedizione su cui riflettere. Potrei non aver compreso appieno gli eventi, ma lodo il Signore per aver avuto il controllo della mia vita!

Non temere, perché io sono con te; non ti smarrire, perché io sono il tuo Dio. Io ti fortifico, io ti aiuto, io ti sostengo con la destra della mia giustizia . Isaia 41:10 (NR)

Questo versetto è stato la mia roccia da quando sono diventato credente. È un potente promemoria dell'amore infinito di Dio per noi e del Suo incrollabile impegno ad aiutarci ad affrontare gli alti e bassi della vita. Quanto è meraviglioso sapere di avere un Padre amorevole che ci ama più di quanto le parole possano esprimere, nonostante le nostre imperfezioni? A volte mi vergogno dei miei difetti, eppure il mio Abba mi abbraccia ancora con amore incondizionato.

Mi è venuta in mente la canzone "I Am the God that Healeth Thee" di Don Moen, rinomato leader di culto, artista e compositore. Mi ha portato un profondo conforto e pace, ricordandomi che Lui è il mio Dio e il mio Guaritore. È una canzone profonda, confortante e piena di fede, basata su Esodo 15:26, quando Dio si dichiara Geova-Rapha, il Signore che guarisce. La mia amica Flora e io abbiamo cantato questa canzone di culto in numerose occasioni prima del nostro momento di preghiera. A volte, la cantiamo anche spontaneamente per glorificare il Signore in qualsiasi momento. Questa canzone è un dolce promemoria che Dio non è lontano dal nostro dolore. È vicino, presente e disposto a guarire.

Nonostante il percorso impegnativo, ho affrontato un dolore notevole, che il mio medico ha alleviato con la morfina per via endovenosa, ottenendo sollievo. Durante la mia convalescenza,

61

ci sono stati momenti in cui il dolore era insopportabile. La morfina è diventata un'ancora di salvezza, fornendomi il sollievo di cui avevo bisogno per superare quei giorni difficili. Ricordo di averla scherzosamente definita la mia "nuova migliore amica", perché mi permetteva di riposare e recuperare le forze. Ma anche in quei momenti, sapevo che la vera guarigione non era solo fisica, ma spirituale.

La guarigione non è stata facile. Sono arrivati dolore e difficoltà, ma anche la grazia di Dio. Mi sono ritrovata ad appoggiarmi a Lui più che mai, confidando nel Suo piano e nei Suoi tempi. Ogni piccola vittoria, ogni momento di guarigione, era un ricordo della Sua bontà. Sono la prova vivente della Sua misericordia e del Suo amore. Questo viaggio mi ha ricordato che anche nei nostri momenti più deboli, Lui è la nostra più grande forza.

Posso ogni cosa in colui che mi fortifica. Filippesi 4:13 (NR)

Questo versetto sottolinea l'importanza di affidarsi alla forza di Dio nei momenti di avversità. Il mio cuore trabocca di lode per Colui che mi ha condotto attraverso la valle e verso la luce.

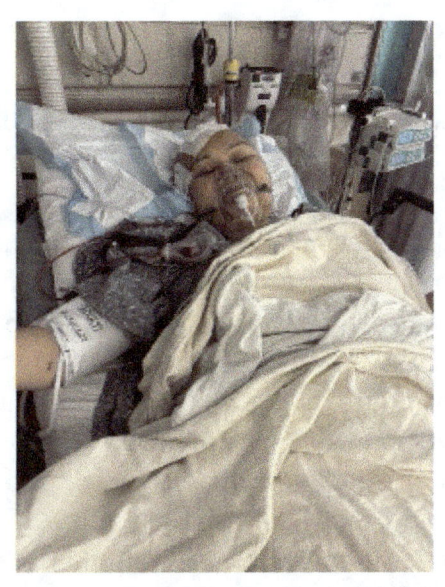

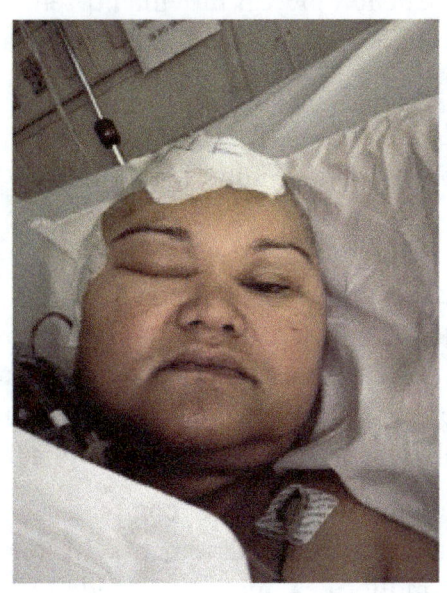

Capitolo 11
Recupero in terapia intensiva neurologica

Durante la mia degenza in terapia intensiva neurologica, ho dovuto sottopormi a sedute di fisioterapia e terapia occupazionale per assicurarmi che il mio recupero procedesse secondo i piani. All'inizio è stato impegnativo, ma sapevo che era necessario per ritrovare la mia forza e la mia indipendenza. Ogni seduta mi ricordava quanto il mio corpo avesse dovuto sopportare, ma anche quanto fosse resiliente. I terapisti erano pazienti e incoraggianti, guidandomi attraverso esercizi per aiutarmi a muovermi, a mantenere l'equilibrio e a ritrovare la coordinazione. Anche i piccoli movimenti sembravano vittorie. Queste sedute non riguardavano solo la guarigione fisica; servivano anche a imparare a fidarmi di nuovo del mio corpo.

Ripensandoci, sono grata per quel periodo. È stato difficile, ma mi ha dimostrato quanto sono forte e quanto Dio sia stato al mio fianco in ogni passo. Sono particolarmente grata alle mie amiche, Pinky e Anna, terapiste occupazionali. Le conosco da quasi venticinque anni e, col tempo, abbiamo sviluppato una forte amicizia. Quando mi hanno fatto visita in ospedale, è stata più di una semplice visita amichevole: hanno sfruttato la loro competenza per insegnarmi tecniche per prevenire crampi alle gambe e coaguli di sangue mentre ero ancora a letto.

La loro gentilezza e la loro competenza mi hanno dato conforto e rassicurazione in un momento difficile. La loro visita ha significato molto per me, ricordandomi che anche nei momenti difficili, Dio mette nella mia vita le persone giuste per sostenermi e sollevarmi. Sono sinceramente grato per la loro amicizia, che è durata negli anni e continua a essere una benedizione nella mia vita.

Che cos'è una craniectomia?

Secondo la Cleveland Clinic:

intervento chirurgico cerebrale importante in cui un chirurgo rimuove una parte del cranio per accedere al cervello . Il chirurgo non sostituisce il cranio durante questa procedura. Un intervento di follow-up chiamato cranioplastica_sostituisce il pezzo di cranio rimosso in un secondo momento.

sostituirà la parte del cranio rimossa durante l'intervento, dovrai indossare un casco per proteggere il cervello da eventuali lesioni.

Il casco mi causava disagio e mi impediva la visione laterale. Sebbene fosse necessario, limitava la mia mobilità. Essendo sotto morfina, avevo bisogno dell'assistenza dell'équipe medica per alzarmi. Dopo l'intervento, ho trascorso quasi tre settimane in terapia intensiva per un attento monitoraggio e un adeguato recupero. In certi giorni, lo stress emotivo e il dolore intenso mi spingevano ad arrendermi, ma con il passare dei giorni, ho spostato la mia attenzione sul mio benessere generale e sulla mia fede.

A volte mi sentivo completamente fratturato, come vetri rotti sparsi ovunque, rendendo impossibile rimettere insieme i pezzi. In quei momenti di disperazione, mi rivolgevo al Signore per trovare conforto, parlando con Lui e chiedendo il Suo intervento divino. Il pensiero di perdere una parte del mio cranio era spaventoso. Mi sentivo fortunato ad avere un team premuroso e di supporto, con tutti che dimostravano calore e professionalità. Il Dott. Rudi Scharnweber, un chirurgo eccezionale, mi ha supportato enormemente durante tutto il trattamento. Si è assicurato che ricevessi le migliori cure possibili, monitorando attentamente la mia guarigione e controllando regolarmente il mio stato.

Ho avuto il privilegio di far parte della famiglia della Core Church e il nostro pastore senior, Steve Wilburn, ha condiviso la mia situazione con la congregazione durante tutte e tre le funzioni domenicali. Ha chiesto preghiere per la mia guarigione e l'intera congregazione ha obbedito. Il mio gruppo di studio biblico, guidato dal pastore Kevin Ferreri e da sua moglie Caroline, e altri gruppi di studio biblico hanno costantemente offerto preghiere per me. Il pastore Kevin e Caroline mi hanno fatto visita più volte in ospedale, pregando per la mia guarigione e il mio recupero.

Il potere trasformativo della preghiera è evidente! Sono grata agli amici che hanno condiviso con me letture bibliche e preghiere, sia da remoto che durante le visite in ospedale. La mia amica Michelle è venuta a trovarmi in ospedale in diverse occasioni e ho colto l'occasione per chiederle di leggere il libro dei Salmi, perché trovavo conforto nell'ascoltarlo leggere ad alta voce. La sera, Michelle mi chiamava per continuare la lettura dei salmi. Sono stata benedetta da un sistema di supporto straordinario. I miei pastori e i loro coniugi, fratelli e sorelle in Cristo, parenti e amici mi hanno circondata di amore e guida spirituale durante la mia degenza in ospedale, pregando per la mia guarigione e il proseguimento della mia vita.

Questa esperienza ha approfondito la mia comprensione del corpo di Cristo e rafforzato la mia fede nell'intervento divino. Il concetto di morte, come credente, non mi spaventa. Essere assenti nel corpo significa essere presenti nel Signore.

Ma noi siamo pieni di coraggio e preferiamo essere assenti dal corpo e abitare con il Signore . 2 Corinzi 5:8 (NR)

Sono preparato, emozionato e sarò sempre pronto quando arriverà il momento stabilito da Dio. Il Signore ha l'ultima parola, essendo l'Autore della mia vita, e confido nella Sua volontà. Mi immagino in cielo, ansioso di sedermi ai piedi di Gesù, ascoltandolo come fecero Maria, la sorella di Marta, e Lazzaro, che Gesù amava. La prospettiva di incontrare tutti coloro che sono stati salvati dal Signore Gesù mi entusiasma e penso alla gioia di incontrare i miei personaggi biblici preferiti.

Immagino di condividere un pasto con Re Davide e di informarmi sulle sue preghiere appassionate nel libro dei Salmi. La possibilità di incontrare le figure bibliche che ammiro di più – tra cui Rut, Naomi, la regina Ester, Adamo, Eva, Noè, Giuseppe, Abramo, i profeti Elia, Daniele, i profeti minori, l'apostolo Paolo, gli undici discepoli, le donne del Nuovo Testamento e la lista continua – è davvero emozionante.

Come credente, ritengo sia essenziale familiarizzare con le loro storie, che sono state registrate per il nostro beneficio. Questa conoscenza ci permetterà di intrattenere conversazioni significative con loro nell'aldilà, dove avremo il lusso del tempo per entrare in contatto con tutti. Questi incontri saranno davvero straordinari e duraturi.

E io vi dico che molti verranno dall'oriente e dall'occidente e siederanno a mensa con Abramo, Isacco e Giacobbe nel regno dei cieli . Matteo 8:11 (NR)

Il regno dei cieli ci porterà faccia a faccia con coloro che ci hanno preceduto. Immaginate la beatitudine! I salvati avranno il privilegio di unirsi al banchetto divino con coloro che ci hanno preceduto. Immaginate di essere adagiati al tavolo del banchetto celeste con Gesù, crogiolandovi nella serena bellezza del regno di Dio per tutta l'eternità.

Il mio periodo in terapia intensiva è stato un'esperienza che mi ha reso umile. Il supporto dell'équipe medica è stato eccezionale, rendendo il mio soggiorno confortevole. Amici e familiari venivano a trovarmi regolarmente, portando cibo e persino scatole di cioccolatini per l'équipe medica. Ho notato che il reparto di terapia intensiva neurologica presentava delle difficoltà non solo per me, ma anche per altri pazienti che presentavano sintomi lievi. I suoni provenienti dalle varie stanze erano percepibili, tra cui lamenti, richieste di assistenza e occasionali parolacce.

Sebbene non potessi assistere fisicamente gli altri pazienti a causa delle mie limitazioni motorie, ho pregato dal mio letto. Questa esperienza mi ha fatto capire che in tali situazioni, le persone spesso provano un senso di impotenza e si sentono sopraffatte dal dolore e dall'isolamento. Avere il supporto morale di familiari e amici è fondamentale. Ho avuto la fortuna di avere una comunità solidale durante tutto il mio percorso. Alcuni pazienti, tuttavia, non hanno un sistema di supporto, il che può essere causa di isolamento.

Quando le mie amiche, Vicki e Melanie, sono venute a trovarmi e mi hanno tenuto la mano, mi hanno dato conforto. A volte, la presenza e il tocco gentile di un'amica possono essere incredibilmente rassicuranti e aiutare a migliorare la prospettiva in situazioni difficili. Quando le mie amiche, Mahleen e Wowie, sono venute a trovarmi, mi hanno sottoposto a una valutazione della memoria. Mahleen mi ha aiutato a mangiare, mentre Wowie mi ha posto domande bibliche per valutare la mia accuratezza. Ho dimostrato una memoria straordinaria, rispondendo correttamente alla maggior parte delle domande solo tre giorni dopo l'intervento.

Sono profondamente grata per il sostegno incrollabile e l'amore della mia famiglia e dei miei amici, che mi permettono di percepire il mondo attraverso una lente di gentilezza, compassione e azione. Ho scoperto il ruolo vitale che i legami umani svolgono nella vita di coloro che hanno subito un trauma, incluso il mio. Sono motivata a offrire conforto, preghiere e incoraggiamento a chi è nel bisogno.

Il ministero ospedaliero è una passione che intendo coltivare quando avrò riacquistato il mio benessere fisico ed emotivo. Durante la mia degenza, ho incontrato un cappellano compassionevole, che ha offerto preghiere e incoraggiamento ai pazienti. Ho mostrato interesse a partecipare a questo ministero e ho chiesto al cappellano come farlo. Il cappellano mi ha raccomandato di dare priorità alla mia guarigione e, quando possibile, di consultare il mio parroco sui requisiti del ministero.

SALMO 139
LA PERFETTA CONOSCENZA DELL'UOMO DA PARTE DI DIO

(NKJV)

[1] *Signore, tu mi hai scrutato e mi conosci.* [2] *Tu sai quando mi siedo e quando mi alzo, intendi da lontano i miei pensieri.* [3] *Tu scruti il mio cammino e il mio riposo, e conosci a fondo tutte le mie vie.* [4] *Poiché non c'è parola sulla mia lingua, Ma ecco, o SIGNORE, tu lo sai appieno.* [5] *Tu mi hai circondato di dietro e di fronte, e hai posto la tua mano su di me.* [6] *La tua conoscenza è troppo meravigliosa per me; è troppo alta, io non la posso raggiungere.*

[7] *Dove potrei andare lontano dal tuo Spirito? O dove potrei fuggire dalla tua presenza?* [8] *Se salgo in cielo, là tu sei; Se scendo nello Sceol, ecco, tu sei là.* [9] *Se prendo le ali dell'aurora e abito all'estremità del mare,* [10] *anche là mi guiderà la tua mano e mi afferrerà la tua destra.* [11] *Se dico: «Certo, le tenebre mi copriranno», anche la notte sarà luce intorno a me;* [12] *le tenebre non possono nasconderti nulla, anzi la notte risplende come il giorno; le tenebre e la luce sono entrambe uguali per te.*

[13] *Sei tu che hai formato le mie reni, che mi hai intessuto nel grembo di mia madre.* [14] *Io ti celebrerò, perché sono stato fatto in modo stupendo e stupendo. Meravigliose sono le tue opere, e l'anima mia lo sa molto bene.* [15] *Le mie ossa non ti erano nascoste, Quando fui formato nel segreto, intessuto nelle profondità della terra,* [16] *i tuoi occhi videro la massa informe del mio corpo, e nel tuo libro erano tutti scritti i giorni che mi erano stati destinati, quando nessuno di essi era sorto ancora.*

[17] *Quanto mi sono preziosi i tuoi pensieri, o Dio! Quanto è grande la loro somma!* [18] *Se li contassi, sarebbero più numerosi della sabbia. Quando mi sveglio, sono ancora con te.*

19 Oh, se tu uccidessi l'empio, o Dio! Perciò allontanatevi da me, uomini sanguinari! 20 Perché parlano contro di te malvagiamente. I tuoi nemici pronunciano il tuo nome invano. 21 Non odio forse, o SIGNORE, quelli che ti odiano? E non detesto quelli che si ribellano a te? 22 Li odio di odio perfetto; li considero miei nemici.

23 Scrutami, o Dio, e conosci il mio cuore. Mettimi alla prova e conosci i miei affanni; 24 e vedi se c'è in me qualche via iniqua, e guidami per la via eterna.

Il Salmo 139 ci ricorda intensamente che siamo conosciuti intimamente, amati incondizionatamente e creati con uno scopo, così come siamo stati creati in modo meraviglioso e stupendo. Questa espressione di amore divino è l'affermazione più profonda e intima dell'amore di Dio per l'umanità.

Padre Celeste, ti sono grato per il Tuo amore incrollabile. Anche se le circostanze della mia vita possono sfuggirmi, riconosco la Tua presenza costante. Nei momenti di paura e isolamento, la Tua presenza mi conforta, abbracciando la mia vulnerabilità e rivelando il Tuo amore e la Tua rettitudine.

Capitolo 12
Una lunga strada verso la guarigione

Dopo essere stata dimessa, ho riconosciuto la necessità di un'assistente. A causa della distanza geografica dai miei fratelli, trovare un accompagnatore temporaneo si è rivelato difficile e assumere un'assistente avrebbe comportato spese significative. Fortunatamente, i miei amici della chiesa hanno pregato per la guida e la provvidenza divine. La mia cara amica Flora, una donna russa nigeriana che serve il Signore con passione e attualmente risiede a Boston, Massachusetts, ha risposto prontamente alla mia richiesta e mi ha fornito un aiuto inestimabile.

Flora ed io ci siamo conosciute in una chiesa di Mosca più di venticinque anni fa, dove eravamo impegnate nel ministero di culto presso l'International Christian Assembly. Eravamo giovani e piene di vita, e ci godevamo il nostro cammino con il Signore mentre testimoniavamo ai russi in vari contesti, tra cui strade, metropolitane e autobus, distribuendo volantini. Sebbene le mie competenze linguistiche in russo fossero limitate, riuscivo a condividere la mia conoscenza con la gente del posto. Nutro un profondo amore per la Russia, avendo trascorso lì sei inverni. Entrambe amavamo cantare inni di culto in chiesa e per le strade di Mosca.

Chi avrebbe mai pensato che, dopo tutti questi anni, saremmo stati ancora uniti e ci saremmo aiutati a vicenda? È davvero una benedizione avere persone nella nostra vita che ci sono state accanto nel corso degli anni. Abbiamo tutti bisogno di una Flora nella nostra vita, un'amica pronta ad aiutarci quando possibile e disposta a viaggiare attraverso il Paese per assisterci nei momenti di bisogno.

Flora è stata di grande aiuto e un'amica leale, diventando la mia principale sostenitrice. Ha avuto un ruolo fondamentale nell'organizzare il mio appartamento, dando priorità alla mia sicurezza, e ha facilitato i contatti con amici desiderosi di aiutarmi con le attività quotidiane, come la consegna del cibo e l'acquisto di beni di prima necessità, per creare un ambiente sicuro e accogliente. La mia comunità della Chiesa di Base mi ha fornito un supporto straordinario, rispondendo alle mie esigenze con assistenza nelle pulizie, nell'organizzazione e nelle riparazioni dell'appartamento, creando così un ambiente abitativo sicuro, confortevole e sereno.

La bontà di Dio non conosce limiti. Egli è il mio costante sostentamento ed è sempre stato la mia fonte di ogni cosa. La Sua misericordia e la Sua grazia si rinnovano ogni mattina e il Suo amore dura per sempre.

C'è stato un periodo in cui l'incertezza incombeva pesantemente sulla mia vita. Il peso di una disoccupazione prolungata, aggravato dalla necessità di concentrarmi sulla mia guarigione, faceva sembrare ogni giorno una dura battaglia. Mentre affrontavo queste sfide, mi sono ritrovato a contare non solo sulla fede, ma anche sulla gentilezza di coloro che mi circondavano, alcuni dei quali non mi sarei mai aspettato si facessero avanti.

Tutto è iniziato con un semplice atto di generosità. I miei ex datori di lavoro, riconoscendo le difficoltà che stavo affrontando, si sono presi la responsabilità di organizzare una raccolta fondi per me. All'inizio, mi sono sentito sopraffatto. Accettare aiuto non è mai stato facile per me, ma mentre vedevo arrivare le donazioni, ognuna un'espressione tangibile di attenzione, ho capito che si trattava di più di un semplice aiuto finanziario. Era un'ancora di salvezza, una testimonianza della bontà di persone che avevano visto la mia lotta e avevano scelto di fare la differenza. Familiari, amici, ex datori di lavoro e persino i loro amici mi hanno offerto il loro sostegno. Alcuni hanno dato quello che potevano, altri hanno offerto parole di incoraggiamento e preghiere.

Ogni contributo, indipendentemente dalla sua entità, portava con sé un messaggio: non sei solo.

Grazie alla loro generosità, il peso che un tempo mi sembrava insopportabile ha iniziato ad alleggerirsi. Lo stress delle difficoltà finanziarie non ha più oscurato la mia guarigione, permettendomi di concentrarmi sulla guarigione. Soprattutto, ha rinnovato la mia fede nel potere della comunità, nell'idea che quando uno di noi inciampa, altri saranno lì a sollevarlo. Ripensandoci, sono profondamente onorato dall'amore e dalla gentilezza che mi hanno circondato in quel periodo. Quella che era iniziata come una raccolta fondi è diventata qualcosa di molto più grande; mi ha ricordato che nei momenti più bui, la luce può essere trovata nelle persone a cui importa. Sarò per sempre grato per le mani che si sono tese per aiutare e prego che ognuna di loro riceva benedizioni abbondanti come la gentilezza che ha dimostrato.

Mentre mi preparavo per le dimissioni, non vedevo l'ora di tornare a casa, dove avrei potuto riprendere la mia routine quotidiana, comprese le docce e il dormire nel mio letto. Il pensiero di riconquistare la mia indipendenza e la libertà di svolgere attività limitate durante la mia degenza in ospedale è stata una benedizione gradita. Non vedevo l'ora di trascorrere del tempo con Flora, che avrebbe dovuto arrivare il giorno delle mie dimissioni.

Era così bello essere a casa e finalmente dormire nel mio letto! Dopo quasi tre lunghe settimane in ospedale, il comfort del mio letto mi sembrava un sogno. La morbidezza dei miei cuscini, il calore familiare delle mie coperte e la quiete della mia stanza erano doni che avrei sempre apprezzato. Quelle settimane sono state tra i periodi più difficili della mia vita. Ogni giorno portava con sé un mix di emozioni, paura, speranza, frustrazione e gratitudine. Ci sono stati momenti in cui mi chiedevo se sarei mai più tornata normale, ma c'erano anche spiragli di luce: parole gentili da parte degli infermieri, messaggi da parte dei miei cari e vittorie nella mia guarigione.

Ma mentre giacevo a letto, finalmente ho potuto tirare un sospiro di sollievo. Era come se il peso di quelle settimane si fosse alleviato, e mi sono ricordata di quanto sia prezioso avere un posto da chiamare casa. Essere a casa era più che stare in uno spazio familiare; era la speranza di guarire, il conforto della routine e l'inizio di un nuovo capitolo. Pur sapendo che il viaggio non era finito, ero finalmente al posto giusto, circondata dall'amore e dalla promessa di giorni migliori.

Ogni giorno, iniziavo una nuova routine: camminare per il quartiere come parte della mia convalescenza. Era un gesto semplice, ma dopo quasi tre settimane in ospedale, mi sembrava monumentale. Con il bastone in mano e Flora al mio fianco, facevo ogni passo lentamente e con decisione, avvertendo sia lo sforzo che la gratitudine in ogni movimento. L'aria era più fresca, il cielo in qualche modo più azzurro, e le strade familiari sembravano sussurrare incoraggiamento a ogni passo. Mi ricordavo quanta strada avessi fatto. Solo poche settimane prima ero in cattive condizioni, ma eccomi lì, ad andare avanti, un passo alla volta.

Sono così grata per il supporto di Flora. Ha camminato con me pazientemente, incoraggiandomi a ogni passo. La sua presenza mi ha ricordato che la guarigione non è qualcosa che devo fare da sola. Avere qualcuno al mio fianco ha reso ogni passeggiata non solo un esercizio, ma una celebrazione dei progressi. Quelle passeggiate sono state più di una semplice terapia fisica; sono state un promemoria quotidiano di resilienza, gratitudine e della forza che deriva dall'affidarsi alla fede e agli amici. Mi hanno ricordato che anche durante la guarigione, c'è bellezza nelle piccole vittorie.

C'erano momenti durante le nostre preghiere serali in cui non potevo fare a meno di piangere. Mentre Flora e io aprivamo i nostri cuori a Dio, sentivo una profonda paura crescere dentro di me, la paura di come sarebbe stato quando lei sarebbe dovuta tornare a Boston. Il pensiero di essere di nuovo sola mi opprimeva e mi chiedevo come avrei fatto senza la sua presenza costante al mio fianco. In quei momenti, le parole confortanti e le preghiere di Flora mi ricordavano che non ero mai veramente sola. Anche quando la paura prendeva il sopravvento, cercavo di appoggiarmi alla promessa di Dio che non mi avrebbe mai lasciata né abbandonata. Non era facile, ma sapevo di dover confidare nel fatto che la Sua forza mi avrebbe sostenuta, proprio come era successo fino a quel momento.

Queste preghiere con Flora sono state fonte di guarigione e rassicurazione, anche se hanno fatto emergere le mie paure più profonde. Mi hanno ricordato di affidare le mie preoccupazioni a Dio e di affrontare ogni giorno come viene, sapendo che la Sua grazia è sufficiente per qualsiasi cosa mi aspettasse. Ogni sera, prima di andare a letto, io e Flora ci prendevamo del tempo per pregare insieme. È diventato un momento sacro, un'occasione per riflettere sulla giornata, ringraziare Dio per i progressi compiuti e chiedere la forza per il cammino che mi aspettava. Quelle preghiere mi hanno ricordato che Dio stava percorrendo questo cammino con me, proprio come faceva Flora al mattino.

Abbiamo anche iniziato la giornata con la meditazione quotidiana di Charles Stanley. Le sue parole hanno portato tanta pace e incoraggiamento, dando il tono alla giornata. Ascoltando insieme, mi sono sentito ispirato a continuare ad avere fiducia nel piano di Dio, anche quando il cammino sembrava incerto.

Le nostre routine quotidiane, composte da podcast mattutini e preghiere serali, hanno garantito un senso di continuità durante questo periodo di guarigione. Questi principi guida mi hanno permesso di dare priorità ai miei valori fondamentali: fede, gratitudine e la consapevolezza che ogni giorno offre forza e benedizioni rinnovate.

Uno dei problemi con cui ho lottato durante la mia convalescenza è stato mangiare. Tutto aveva un sapore troppo salato o troppo dolce, qualunque cosa provassi. Era una sensazione strana e frustrante. I cibi che prima mi piacevano ora mi sembravano insopportabili, e mangiare era diventato più un peso che un conforto. Flora era così preoccupata per me in quei giorni in cui facevo fatica a mangiare. Non importava cosa preparasse, il mio appetito semplicemente non c'era. Potevo vedere la preoccupazione sul suo viso mentre cercava di incoraggiarmi a mangiare, sperando di aiutarmi a recuperare le forze. Era frustrante anche per me. Volevo mangiare, sentirmi di nuovo normale, ma tutto aveva un sapore strano.

Vedere Flora impegnarsi a fondo per prepararmi i pasti, solo per farmi a malapena assaggiare qualche boccone, mi faceva sentire in colpa e impotente. La sua premura e la sua perseveranza, però, mi ricordavano quanto profondamente tenesse a me. Anche nei momenti più difficili, il suo amore e il suo sostegno non sono mai venuti meno. Sono così grata per la sua pazienza e per essere stata al mio fianco quando ne avevo più bisogno. Sapevo quanto fosse importante mangiare e nutrire il mio corpo per guarire, ma sentivo come se le mie papille gustative mi stessero tradendo. Ogni pasto diventava una sfida e c'erano momenti in cui mi sentivo scoraggiata. Mi chiedevo se il mio senso del gusto sarebbe mai tornato alla normalità.

Ma a poco a poco, ho imparato ad adattarmi. Ho sperimentato cibi delicati e meno intensi, concentrandomi su consistenze e semplicità. Anche l'incoraggiamento di Flora ha fatto una grande differenza. Era paziente e comprensiva, ricordandomi spesso di procedere un passo alla volta. Ciò che mi ha sorpreso di più è stato come qualcosa di semplice come mangiare potesse insegnarmi la resilienza. Quelle piccole vittorie – finire un pasto o trovare un piatto che potevo tollerare – mi ricordavano che la guarigione è un processo. Non è sempre facile o lineare, ma è pur sempre un progresso.

Ripensandoci ora, apprezzo di nuovo la possibilità di apprezzare il cibo. È una di quelle benedizioni quotidiane che prima davo per scontate. Ora assaporo ogni momento, consapevole di quanta strada ho fatto. Ogni giorno mi ricordo di quanto sono benedetta dall'amore e dalla cura dei miei amici della chiesa. Mi facevano visita regolarmente, portandomi calore e incoraggiamento che mi sollevavano lo spirito. A volte, mi portavano persino a fare una passeggiata, aiutandomi a prendere una boccata d'aria fresca e ad ammirare la bellezza del quartiere intorno a me. Quei momenti di connessione sono molto più che semplici visite; mi ricordano che non sono sola in questo cammino. Ogni passeggiata e ogni conversazione mi sembravano un dono; un riflesso dell'amore di Dio espresso attraverso la gentilezza degli altri.

La loro presenza è stata una fonte di forza per me. Il loro sostegno è un toccante promemoria del fatto che la guarigione è un processo multiforme, che affronta bisogni fisici, emotivi e spirituali, sia che camminiamo in silenzio o che condividiamo le nostre storie. Sono sinceramente grata a questi amici che mi hanno mostrato cosa significa far parte di una comunità di fede.

Uno degli aspetti più significativi delle visite dei miei amici è stato il modo in cui pregavamo sempre insieme prima che se ne andassero. È stato un momento di pace e di connessione che ha rafforzato il mio spirito e mi ha ricordato la presenza di Dio nella mia vita. Le loro preghiere erano piene di speranza, gratitudine e incoraggiamento, stimolando la mia guarigione e chiedendo la guida di Dio. Ascoltare le loro parole mi ha riempito di rassicurazione, sapendo di essere circondata da persone che si prendevano veramente cura di me e credevano nel potere della preghiera. Questi momenti di preghiera sono stati per me una benedizione, un promemoria che Dio stava operando attraverso questi amici incredibili per portare conforto e forza nella mia vita. Non erano solo le loro visite o le loro passeggiate a significare così tanto; erano la fede e l'amore che riversavano in ogni interazione. Sono sinceramente grata per il loro incrollabile sostegno.

Una mattina, io e Flora decidemmo di fare una passeggiata in un bar lì vicino. Volevamo uscire, goderci il sole e fare colazione insieme. Ci sembrava il modo perfetto per iniziare la giornata: una piacevole passeggiata nel quartiere, sentendo il calore del sole sul viso. Mentre camminavamo, chiacchieravamo di tutto e di niente contemporaneamente, condividendo risate, riflettendo su ciò che Dio aveva fatto e semplicemente assaporando la pace del momento.

Seduta fuori al bar, sorseggiando il nostro caffè e gustando il mio croissant al cioccolato preferito, ho provato un senso di libertà e gioia che non provavo da settimane. È stato uno di quei momenti semplici ma profondi, essere circondata da volti familiari, gustare delizie e immergermi nella bellezza della vita di tutti i giorni. Un promemoria che la guarigione non riguarda solo il recupero fisico; si tratta di trovare piccole gioie, anche in mezzo alle avversità. Sono così grata per questi piccoli momenti, in cui posso sentirmi veramente viva e presente.

Con Flora, ci godiamo il nostro caffè mattutino e il mio croissant al cioccolato preferito in una caffetteria lì vicino.

Una giornata in spiaggia a Santa Monica, California

Capitolo 13
Una cosa tira l'altra

Pochi giorni dopo essere stata dimessa, decisi di mettere le lenti a contatto, senza rendermi conto che erano rimaste immerse nella soluzione per troppo tempo. Il dolore mi colpì il giorno dopo, una sensazione di bruciore e lancinante che mi impediva di tenere gli occhi aperti. Ero terrorizzata. La mia mente era piena di paura mentre pensavo: " *E se perdessi la vista?* ". Non riuscivo a vedere nulla e il dolore era insopportabile.

Flora dovette contattare Pye e informarla del mio problema agli occhi. Fortunatamente, era il giorno libero di Pye e arrivò presto per visitarmi. Portò del collirio, ma non mi diede alcun sollievo. Il dolore era così intenso che non riuscivo ad aprire gli occhi. Pye decise che era necessario andare al pronto soccorso; tuttavia, a causa del mio deficit visivo, salire le scale comportava un rischio significativo di caduta, nonostante indossassi un casco protettivo. Di conseguenza, decidemmo di contattare i servizi medici di emergenza per ricevere assistenza. Quando arrivarono i soccorsi, non riuscivo nemmeno a camminare da sola. Dovettero quasi trascinarmi giù per farmi salire sull'ambulanza.

Il viaggio verso l'ospedale mi è sembrato un'eternità. Flora e io abbiamo continuato a pregare durante il tragitto, chiedendo a Dio di proteggere la mia vista e di aiutarmi a superare questo momento. All'arrivo al pronto soccorso, l'équipe medica ha lavorato rapidamente. Quando il medico del pronto soccorso è entrato nella stanza per visitarmi gli occhi, le ho chiesto se potevo recitare una preghiera prima che iniziasse il trattamento. Quando ha detto di sì, le ho subito preso le mani e ho iniziato a pregare ad alta voce. Ho chiesto al Signore di guarirmi, di dare saggezza al medico, di benedire e proteggere la sua famiglia, i suoi figli e i figli dei suoi figli, e di trovare pace nel mio cuore. Quando ho finito di pregare, il medico mi ha ringraziato per le preghiere e mi ha assicurato che avrebbe fatto del suo meglio per aiutarmi.

Mentre mi esaminava gli occhi, sentivo il bruciore intensificarsi, un promemoria di come anche un piccolo errore potesse trasformarsi inaspettatamente in un'emergenza medica. La dottoressa rimase paziente e scrupolosa, spiegandomi cosa aveva visto e cosa doveva essere fatto. Dopo una scric di csami, confermò che i miei occhi avevano sviluppato un'infezione a causa della prolungata esposizione alla soluzione per lenti a contatto. Nonostante la notizia fosse preoccupante, provai un profondo senso di calma. Sapevo che, nonostante il disagio, ero in buone mani, sia dal punto di vista medico che spirituale.

Il personale ospedaliero mi ha fornito rapidamente le cure necessarie e mi ha prescritto lubrificanti oculari e colliri antibiotici per favorire il processo di guarigione. Subito dopo il trattamento, sono riuscita ad aprire gli occhi e a vedere cosa avevo davanti. Uscendo dal pronto soccorso, abbiamo gioito e lodato Dio per un altro miracolo, per avermi guidata attraverso un'altra sfida inaspettata e per aver messo persone gentili e capaci sul mio cammino. Quell'esperienza mi ha ricordato quanto siamo fragili e al tempo stesso resilienti. Ha anche accresciuto la mia gratitudine per i piccoli momenti – come la gentilezza di un medico, la rapidità d'azione di un amico, i sacrifici di mio cugino e il potere della preghiera – prima di affrontare l'incertezza.

È stata un'esperienza dolorosa e umiliante, che mi ha lasciato scosso, ma incredibilmente grato. Ripensandoci, ho imparato l'importanza di essere attento e di prendermi maggiormente cura del mio corpo, soprattutto durante la convalescenza. Quel momento mi ha ricordato quanto fragile possa essere la vita, ma anche quanto forte possa essere di fronte alla paura.

Dopo la visita d'urgenza, una settimana dopo il medico mi ha indirizzato a un oculista per una visita approfondita. Mi sono presentato all'appuntamento con Flora, ancora a disagio e senza sapere cosa aspettarmi, ma sperando in buone notizie. Mentre eravamo seduti in sala d'attesa, abbiamo incontrato tre signori che, come noi, aspettavano di essere chiamati. Lo Spirito Santo ci ha ispirato ad avviare una conversazione con loro e a chiedere come potevamo pregare per loro.

Quello che era iniziato come un incontro casuale si trasformò rapidamente in un momento sacro. Quella piccola sala d'attesa divenne un luogo di culto e preghiera, mentre ci univamo per elevare i nostri bisogni e lodare il Signore. Nel mezzo di tutto questo, una delle infermiere portò un altro paziente a sedersi con noi. Disse: "Questa zona è terra santa. Dovresti sederti qui". Le sue parole mi fecero venire i brividi, confermando che la presenza di Dio era innegabilmente lì.

Uno degli uomini con cui abbiamo pregato era un pastore che si stava riprendendo da un ictus, ma stava affrontando una battuta d'arresto e alcune difficoltà. Ha condiviso con noi le sue difficoltà e abbiamo pregato per la sua forza e guarigione nel suo cammino. La sua fede, nonostante le sue difficoltà, ci ha ricordato la grazia sostenitrice di Dio.

Prima di separarci quel giorno, ci siamo promessi di pregare l'uno per l'altro. Sapere che saremmo rimasti fedeli a quella promessa è stato un potente promemoria dell'amore di Gesù, di come ci unisce e ci chiama a portare i pesi gli uni degli altri nella preghiera. Quella sala d'attesa, poco prima piena di sconosciuti, è diventata un santuario dove tutti abbiamo potuto testimoniare in tempo reale la potenza e l'amore di Dio all'opera.

Ogni volta che andavamo a una visita dal medico, cercavamo di trovare qualcuno che avesse bisogno di preghiere. In alcune occasioni, abbiamo pregato persino per gli infermieri. Possiamo essere testimoni per chiunque sia aperto ad ascoltare l'amore di Cristo, che si trovi in un ospedale o in un negozio. A volte, si tratta semplicemente di essere sensibili alla voce e alla guida dello Spirito Santo. Momenti come questi ci ricordano che

Dio può usarci ovunque per portare incoraggiamento e speranza agli altri.

Quando è arrivato il momento di andare dallo specialista, mi ha prescritto una serie di esami e poi mi ha dato una diagnosi a cui non ero preparata: glaucoma. È stato difficile da elaborare. Non avrei mai immaginato che questa condizione sarebbe diventata parte della mia storia, e sapere che avrei avuto bisogno di un trattamento laser a entrambi gli occhi è stato sconvolgente. Il mio oculista, il dottor Garrick Chak, mi ha consigliato un'iridotomia periferica laser.

Ha affermato che si tratta di una procedura comune utilizzata per trattare o prevenire il glaucoma ad angolo chiuso, una grave condizione in cui il fluido non riesce a drenare correttamente a causa di angoli stretti o chiusi tra l'iride e la cornea, in particolare nelle persone con angoli della camera anteriore stretti. Ciò può causare un improvviso aumento della pressione oculare, che rappresenta un'emergenza medica e può portare alla perdita permanente della vista se non trattata.

In quel momento, ho provato un misto di emozioni: paura, incertezza e un profondo desiderio di rassicurazione. Inoltre, mi sono sentito grato, una benedizione sotto mentite spoglie, che il problema fosse stato individuato abbastanza presto da consentire un trattamento efficace. Questa esperienza mi ha ricordato in modo toccante l'importanza di dare priorità alla mia salute e di affidarmi alla competenza di coloro che mi stavano facilitando il recupero. La strada da percorrere sembrava incerta, ma ho scelto di concentrarmi sulla speranza che questi trattamenti mi avrebbero aiutato a preservare la vista e a migliorare la mia qualità di vita. In tutto questo, mi sono affidato alla mia fede e al sostegno di chi mi circondava per affrontare il capitolo successivo.

Quando il Dott. Chak mi ha consigliato il trattamento laser per entrambi gli occhi, ho esitato. Con la cranioplastica ancora da affrontare, non ero sicuro che sottopormi a un altro intervento prima fosse la scelta giusta. Ho chiesto di consultare il mio neurochirurgo per accertarmi che fosse sicuro, soprattutto perché stavo assumendo anticoagulanti e mi stavo preparando per la cranioplastica. Essere proattivo riguardo alla mia salute era importante, ma affidarmi a Dio durante il processo mi ha portato pace.

Mi sembrava che stessero succedendo così tante cose contemporaneamente e non volevo sovraccaricare il mio corpo. Ma il Dott. Chak mi ha assicurato che sarebbe stato utile affrontare l'iridotomia periferica laser prima della cranioplastica. Mi ha spiegato quanto fosse importante gestire la pressione oculare per proteggere la vista e garantire una guarigione più agevole in generale.

Secondo la Mayo Clinic:

"Il danno causato dal glaucoma non può essere invertito. Ma il trattamento e i controlli regolari possono aiutare a rallentare o prevenire la perdita della vista, soprattutto se la malattia viene diagnosticata nelle sue fasi iniziali. Il trattamento del glaucoma mira ad abbassare la pressione intraoculare. Le opzioni terapeutiche includono colliri su prescrizione, farmaci orali, trattamento laser, chirurgia o una combinazione di approcci." [7]

Dopo essermi presa un po' di tempo per riflettere e pregare, e con l'approvazione del mio neurochirurgo, ho deciso di programmare l'intervento laser. Non è stata una decisione facile, ma ho deciso di affidarmi alla loro competenza e sapevo che dovevo dare priorità alla mia salute e affrontare ogni passo man mano che si presentava. Questa stagione è stata una lezione su come affidarsi alla fede, fidarsi degli altri e credere che Dio mi stesse guidando attraverso ogni sfida.

Arrivò il giorno dell'intervento laser e, sebbene fossi nervosa, mi sentivo pronta a compiere questo passo successivo nella mia guarigione. Prima di recarmi in sala operatoria, sentii il bisogno di pregare, così chiesi a Flora di pregare per me e per il mio medico. Ci alzammo tutti e tre e pregammo, invitando la presenza e la guida di Dio nel trattamento. Quel momento mi ricordò come la preghiera ci unisca e porti pace, anche nelle situazioni più incerte. Il Dott. Chak e il suo team medico mi rassicurarono, guidandomi attraverso il percorso con cura e professionalità.

Con mio sollievo, la procedura è stata un successo e veloce! Quasi immediatamente, ho potuto constatare che i risultati erano ottimi. La mia vista era più nitida e vedevo meglio di quanto non facessi da settimane. Dovevo ancora indossare occhiali o lenti a contatto, ma potevo percepire e vedere il rispetto. Ancora una volta, mi è sembrato di essermi tolto un peso e non ho potuto fare a meno di essere grato per la competenza dei medici e per la benedizione della medicina moderna.

Questa esperienza mi ha ricordato il potere di avere fiducia nel processo, anche quando sembra incerto. Ogni passo avanti, per quanto piccolo, è una vittoria che vale la pena celebrare. Poter vedere di nuovo il mondo più chiaramente è stato un dono.

Con il passare del tempo e la mia crescita, Flora e io decidemmo di fare qualche uscita per celebrare i progressi che stavo facendo. Uno dei momenti più memorabili fu andare a trovare degli amici e poi andare in spiaggia a goderci la brezza dell'oceano. Il suono delle onde, il profumo salmastro dell'aria e la sensazione del vento sul viso erano tutti così rinvigorenti. Lì, a guardare l'orizzonte infinito, provai un profondo senso di pace e gratitudine. Mi ricordava quanta strada avessi fatto, non solo fisicamente, ma anche emotivamente.

Queste piccole avventure con Flora sono state più che semplici gite; sono state pietre miliari, la prova che stavo riprendendo in mano la mia vita un passo alla volta. La gioia di essere circondata da amici e la semplice bellezza della natura mi hanno dato la forza di andare avanti.

Salmo 61
Certezza della protezione eterna di Dio
(NIV)

¹ *Ascolta il mio grido, o Dio, sii attento alla mia preghiera.*

² *Dalle estremità della terra io t'invoco, ti chiamo mentre il mio cuore viene meno; guidami sulla roccia che è più alta di me.* ³ *Poiché tu sei stato per me un rifugio, una torre forte contro il nemico.*

⁴ *Desidero abitare nella tua tenda per sempre, rifugiarmi all'ombra delle tue ali.* ⁵ *Poiché tu, o Dio, hai ascoltato i miei voti e mi hai dato l'eredità di quelli che temono il tuo nome.*

⁶ *Aumenta i giorni della vita del re, prolunga i suoi anni per molte generazioni.* ⁷ *Egli regni per sempre alla presenza di Dio; affidagli la tua misericordia e la tua fedeltà per proteggerlo.*

⁸ *Allora canterò sempre le lodi del tuo nome e adempirò i miei voti giorno dopo giorno.*

Il salmo di Re Davide è un potente promemoria dell'incrollabile fedeltà di Dio, soprattutto nei momenti di bisogno. I versetti 1 e 2 risuonano in me, ricordando le mie disperate grida di aiuto e il mio desiderio della presenza divina. Ho costantemente cercato rifugio in Dio, che è stato il mio rifugio, la mia torre salda e la mia protezione nelle sfide della vita. Dio ascolta sempre le mie preghiere e adempie le promesse divine, ridandomi la forza, circondandomi di amici che mi sostengono e permettendomi di affrontare le prove. Continuerò a confidare nella presenza di Dio e ad affidarmi a Lui, la mia solida roccia.

A chiunque stia attraversando una prova, voglio dire questo: confida in Gesù. Anche quando la strada da percorrere sembra incerta, Lui è con te e ti guida in ogni passo del cammino.

Capitolo 14
La mia chiesa natale, il mio paradiso in terra

Meno di due mesi dopo l'intervento, mi sentivo abbastanza forte da partecipare alle funzioni religiose della Core Church LA, la mia chiesa di origine. Entrare di nuovo nel santuario è stato come tornare a casa, un momento che attendevo con ansia da settimane. Quando mi sono avvicinato al pastore Steve Wilburn, il suo volto si è illuminato di gioia. Era così sorpreso e felice di rivedermi. Durante la funzione, ha persino annunciato a tutti che ero lì. È stato un momento davvero emozionante, sentire l'amore e l'incoraggiamento della mia famiglia ecclesiale che mi circondava.

Il pastore Steve e sua moglie Laurie erano venuti a trovarmi durante la mia degenza in ospedale, incontrandomi in uno dei momenti più difficili del mio percorso. Trovarmi di fronte a loro e alla congregazione, più forte e pieno di gratitudine, è stata una potente testimonianza della fedeltà di Dio e del potere della comunità. Tornare in chiesa mi ha ricordato quanto fossi stato sostenuto dalle preghiere, dall'amore e dal sostegno in questa fase della mia vita. È stato come un nuovo inizio, un'opportunità per lodare Dio per la Sua guida e per avermi aiutato a superare la tempesta.

Mentre uscivo dal santuario, ho potuto percepire l'amore e la gioia nell'atrio. Tutti erano così felici di vedermi, anche se alcuni all'inizio non mi avevano riconosciuto. Essere calvo e indossare un casco per proteggere la testa aveva cambiato il mio aspetto, ma chi mi ha riconosciuto mi ha accolto con tanto calore ed entusiasmo. Molti mi hanno raccontato di aver pregato per me fin da quando avevano saputo della mia situazione. Sentire queste parole mi ha davvero toccato il cuore, mi ha ricordato che non sono mai stato solo durante questo viaggio.

Le loro preghiere, insieme alla misericordia di Dio, mi hanno aiutato a superare alcuni dei momenti più bui della mia vita. In piedi lì, tra la mia famiglia di fede, mi sentivo una testimonianza vivente del miracoloso potere di guarigione di Dio. Essere tornato ad adorare il Signore in spirito e verità è stato un dono che non darò mai per scontato.

Sono così fortunata e privilegiata di far parte di questa incredibile comunità, una famiglia di credenti che mi ha circondata di amore, sostegno e fede incrollabile. La Core Church è davvero il mio paradiso in terra. È dove posso adorare liberamente il mio Signore e Salvatore, Gesù, alzando le mani in segno di lode e gratitudine senza riserve. Essere circondata dalla mia famiglia di fede in questo spazio sacro mi riempie il cuore di pace e gioia. Non è solo un edificio; è un luogo dove la presenza di Dio è così tangibile, le preghiere vengono elevate e le vite trasformate.

Ogni volta che varco quella porta, mi ricordo della bontà di Dio e della benedizione di far parte di una comunità che si ama, si sostiene e si incoraggia a vicenda nella fede. La Core Church è più di una semplice casa; è il luogo in cui la mia anima trova riposo e rinnovamento, un ricordo costante della speranza e della grazia che abbiamo in Cristo.

Le visite post-operatorie con il mio neurochirurgo, il Dott. Scharnweber, sono state un po' stressanti. Stavo guarendo bene, ma il pensiero di dover rimuovere i punti metallici dalla testa mi riempiva di paura. L'assistente del medico, Ji Min Kwon, è stata incredibilmente costante e dedita alla sua professione. Mi ha controllato quotidianamente durante la mia degenza in ospedale per assicurarsi che stessi guarendo bene, e la sua attenzione ha davvero fatto la differenza nella mia guarigione.

Mentre mi spiegava il procedimento, non riuscivo a pensare ad altro che: " E se sanguinassi?". Mi feci coraggio, pregando di avere la forza di superare l'operazione. Con mio sollievo, la rimozione non fu così dolorosa come avevo immaginato. Mi rammentò che spesso la paura fa sembrare le cose peggiori di quanto non siano. In quel momento, ringraziai Dio per la Sua presenza, che mi proteggeva anche nelle più piccole difficoltà.

Prima di incontrare il Dott. Scharnweber, mi è stato consigliato di sottopormi a una scansione cerebrale. Al momento dell'appuntamento, i risultati erano pronti per la visione. Seduto in quello studio, non sapevo cosa aspettarmi, ma pregai per avere forza e chiarezza. Quando l'immagine apparve sullo schermo, rimasi scioccato. Lì, nel mio cervello, c'era un'immagine a forma di cuore. Le immagini erano di prima dell'intervento e di un mese dopo l'operazione. Mi sembrò più di una semplice coincidenza. Era come se Dio mi stesse ricordando il Suo amore e la Sua presenza, anche nel mio difficile percorso. Quel momento mi riempì di un travolgente senso di pace e di rassicurazione: il Signore è sempre con me.

Durante l'incontro con il mio neurochirurgo, avevo tantissime domande sulla mia imminente cranioplastica. Il pensiero di un altro intervento mi spaventava e volevo essere il più preparata possibile. Chiesi di tutto: cosa aspettarmi durante la procedura, come sarebbe stato il processo di recupero e persino quale materiale avrebbero usato per sostituire la parte mancante del mio cranio. Le risposte furono rassicuranti, eppure la realtà di tutto ciò mi sembrava ancora opprimente. Mi aggrappai saldamente alla mia fede, pregando per la forza e la saggezza dell'équipe medica. Mi ricordai che Dio mi aveva aiutato a superare il primo intervento e mi avrebbe aiutato anche a superare questo.

Durante la discussione, il chirurgo mi spiegò che la protesi cranica sarebbe stata realizzata in materiale sintetico. Il materiale sintetico avrebbe fornito ulteriore resistenza e supporto, garantendo l'integrità strutturale del cranio dopo l'intervento. Ero curioso e un po' nervoso, quindi chiesi maggiori informazioni. Con mia sorpresa, il chirurgo sottolineò che il materiale era incredibilmente resistente, persino antiproiettile. Quel dettaglio mi diede una strana sensazione di conforto, sapendo che la protesi era progettata per fornire tale resistenza e protezione. Fu un altro momento in cui rimasi meravigliato dalla combinazione tra la provvidenza di Dio attraverso la medicina moderna e le mani esperte dell'équipe medica.

Dopo la visita, non riuscivo a tenere per me le immagini della risonanza magnetica. Ho condiviso l'immagine a forma di cuore con i miei amici della chiesa, e sono rimasti stupiti quanto me. L'immagine a forma di cuore sul mio cervello era il risultato di un accumulo di sangue. L'hanno vista come me, un segno dell'incredibile amore e cura di Dio per me durante questo percorso. Mi è sembrato un promemoria del fatto che il Suo amore per me era così personale e speciale, anche nei momenti più difficili della mia vita. Vedere il loro incoraggiamento e ascoltare le loro preghiere ha rafforzato ancora di più la mia fede. È stato un momento di forte senso di comunità e una bellissima conferma che non sono mai stata sola in questo percorso.

È stato incredibile quanto sia cambiato in soli due mesi. Quando Flora è arrivata, stavo ancora recuperando le forze, ma dopo due mesi mi sentivo quasi tornata alla normalità. Quei due mesi con lei sono stati una vera benedizione. La sua presenza, il suo sostegno e la sua cura mi hanno aiutato a guarire in modi che non dimenticherò mai.

Quando è arrivato il momento per lei di tornare a Boston, ho capito che era un po' preoccupata, ma si è assicurata che non fossi sola. Ha informato i responsabili del mio gruppo di casa, il pastore Kevin e Caroline, dei miei prossimi appuntamenti dal medico, così che potessero aiutarmi con il trasporto. Sono così grata alle persone che Dio ha messo nella mia vita in questo periodo. La loro gentilezza e la loro disponibilità ad aiutare sono un potente promemoria del fatto che ho un solido sistema di supporto su cui contare ogni volta che ne ho bisogno.

Mentre vado avanti, anche ora, mi sento più forte non solo fisicamente, ma anche emotivamente e spiritualmente. Ho fatto molta strada e, pur sapendo che ci sono ancora delle sfide da affrontare, confido che Dio continuerà a guidarmi attraverso di esse. Oggi, scelgo di concentrarmi sulla gratitudine per la mia guarigione, per le persone che mi sono state accanto e per la bellezza della vita stessa.

Capitolo 15
Il piano di Dio è buono

Mentre mi preparavo per la cranioplastica, mi sentivo molto più forte. È incredibile guardare indietro e vedere quanta strada ho fatto. Essendo sola nel mio appartamento, sono riuscita a cucinare delle zuppe, cosa che mi sembrava impossibile solo poche settimane prima. Non ero sicura di quanta energia avrei avuto dopo l'intervento, quindi ho fatto dei piani per assicurarmi che tutto fosse pronto. Ho deciso di cucinare e congelare delle zuppe, così sarebbero state facili da riscaldare una volta tornata a casa. Sapere che avrei avuto qualcosa di nutriente e confortante ad aspettarmi mi ha dato tranquillità.

La mia cranioplastica era programmata per il 12 settembre 2024 presso il Kaiser Permanente Medical Center di Los Angeles, con un pre-ricovero di tre giorni previsto per una flebo di eparina. Questo passaggio è stato fondamentale per garantire la mia sicurezza. Il Coumadin può aumentare il rischio di sanguinamento durante l'intervento, quindi la flebo di eparina contribuisce a mitigare questo rischio. L'eparina è un anticoagulante; i pazienti con valvola cardiaca meccanica richiedono una terapia anticoagulante. Questa generalmente include un ponte precoce con flebo di eparina.

Il bridging con eparina è fondamentale per prevenire eventi tromboembolici, poiché i pazienti con valvole cardiache meccaniche presentano un rischio maggiore di formazione di coaguli se non adeguatamente coagulate. È prassi standard iniziare la flebo di eparina alcuni giorni prima e dopo l'intervento chirurgico per garantire che la terapia anticoagulante del paziente sia gestita in modo appropriato. Sebbene il ricovero in ospedale sia stato sgradevole, ho apprezzato la dedizione del mio team medico nel fornire cure di prim'ordine e nel garantire il mio benessere.

Mentre mi preparavo per la cranioplastica, ho provato un'immensa sensazione di calma, sapendo che la mia famiglia della chiesa stava intercedendo per me. Ero pronta ad affrontare l'esperienza con fiducia, radicata nella mia fede e nel potere rilassante della musica di culto. Attraverso la preghiera e la fiducia nel Signore, sono rimasta salda, sapendo che Lui era la mia costante fonte di forza e conforto nei momenti di bisogno. Mentre venivo trasportata in sala operatoria, non ho potuto fare a meno di notare il profondo senso di pace che stavo provando. Non provavo alcun disagio o nervosismo, il che era insolito per me, dato che di solito divento ansiosa, anche solo con le normali scansioni cerebrali. In quel momento, tuttavia, mi sono sentita inaspettatamente calma.

Quando le porte si aprirono, luci intense e un'équipe medica ben preparata mi accolsero. L'anestesista era pronto a indurre l'anestesia e un'infermiera iniziò ad applicare l'ossigenoterapia. Chiesi una breve preghiera, offrendomi di tenere la maschera dell'ossigeno per pregare a voce alta prima di essere sedato. La cosa successiva che ricordo è che ero completamente sveglio e credevo di aver appena terminato di pregare e di aver informato l'équipe che ero pronto per l'anestesia per procedere con la procedura. Mi guardavano sorridendo e una persona disse: "È fatta!"

Ho chiesto: "Cosa intendi con "è fatto?", solo per sentirmi dire che l'operazione era stata completata e che avevo avuto un buon risultato. Ero confuso, pensando di aver appena finito di pregare e non mi ero reso conto di essermi addormentato.

Non angustiatevi di nulla, ma in ogni cosa fate conoscere le vostre richieste a Dio mediante preghiere, suppliche e ringraziamenti. E la pace di Dio, che sorpassa ogni intelligenza, custodirà i vostri cuori e i vostri pensieri in Cristo Gesù. Filippesi 4:6-7 (NR)

L'ansia può compromettere significativamente la nostra vita quotidiana. Il desiderio di Dio, tuttavia, è che viviamo in un modo che rifletta la Sua volontà. Siamo esortati a non essere in ansia per nulla; al contrario, dovremmo esprimere i nostri bisogni a Dio attraverso la preghiera e la supplica. È essenziale riconoscere l'autorità di Dio sulle nostre vite. Affidandogli ogni preoccupazione, riconosciamo la Sua infinita capacità di gestire ogni aspetto della nostra vita.

Ho avuto la benedizione di sperimentare la pace di Dio che supera ogni comprensione umana. Sono grato per l'amore, la misericordia e la grazia che il Signore mi ha donato. Gioisco e glorifico il Signore, riconoscendo la Sua bontà duratura.

Dopo la convalescenza chirurgica, sono stato trasferito in terapia intensiva per un monitoraggio ravvicinato a causa del rischio di emorragia. Nonostante ciò, ero di buon umore e in grado di camminare, parlare e mangiare immediatamente. Come per il mio primo intervento chirurgico a giugno, mi è stata rasata la testa per la seconda volta per ridurre al minimo il rischio di infezione.

Il mio periodo in terapia intensiva è stato piacevolmente confortevole. Grazie alla mia mobilità, ho potuto svolgere diverse attività in autonomia, tra cui usare il bagno, occuparmi dell'igiene personale e muovermi all'interno del reparto. Un'infermiera mi ha dato il soprannome di "Signora Walkie Talkie", che rifletteva il mio amore per la conversazione e la condivisione delle mie testimonianze personali e della mia fede in Gesù, oltre a fornire loro tracce di musica gospel e invitarli a unirsi a me alla Core Church di Los Angeles.

Il quarto giorno dopo l'intervento, ho notato un gonfiore sul lato destro dell'occhio. All'arrivo dell'infermiere di notte, Jason, ha subito individuato il problema e ha chiamato assistenza. Mentre finivo di andare in bagno, ho sentito che stavo per crollare. Jason ha chiesto aiuto e ha cercato di aiutarmi a mettermi a letto, a quel punto uno degli infermieri è entrato nella stanza per aiutare Jason, poi mi ha portato a letto da solo. Jason ha contattato rapidamente il neurochirurgo di turno per segnalare la mia insolita condizione, il che ha portato a una TAC immediata. Pochi minuti dopo la TAC, i risultati hanno indicato un riscontro positivo di emorragia intracranica, che ha richiesto un intervento chirurgico immediato.

L'idea di sottopormi a un altro intervento chirurgico al cervello era difficile da descrivere. Con l'avvicinarsi della mezzanotte, mi resi conto che i miei guerrieri della preghiera probabilmente stavano dormendo, ma cercai comunque di contattare chiunque fosse disponibile per un supporto di preghiera. Riuscii a parlare con i miei amici guerrieri della preghiera, David, Vicki e Wowie. Mentre chiarivo la situazione, percepirono la paura che stavo provando.

Nonostante l'ora tarda, mi ascoltarono attentamente, rassicurandomi e ricordandomi che non ero sola. La voce calma di David calmò i miei pensieri frenetici, il dolce incoraggiamento di Vicki mi ricordò la fedeltà di Dio e le fervide preghiere di Wowie e di suo marito Daniel mi sollevarono lo spirito. Sebbene la paura persistesse, le loro parole e le loro preghiere divennero uno scudo intorno a me, ancorandomi nella fede. Quando terminai le chiamate, feci un respiro profondo, provando un rinnovato senso di pace. Anche nell'oscurità della notte, sapevo che Dio era presente, e che operava attraverso i miei amici per rafforzarmi.

Riconoscendo che si era pregato per me, ho potuto provare un profondo senso di pace e, qualunque circostanza si fosse presentata, ero sicuro nella consapevolezza che il Signore era con me, sostenendomi nella Sua presenza. Ero pienamente preparato e avevo una fiducia incrollabile nel Signore, consapevole che Lui aveva il potere di guidarmi in ogni situazione.

Dopo l'intervento, il mio neurochirurgo mi ha informato che l'emorragia era stata risolta con successo e che il mio cranio era stato riportato al suo stato originale. Inizialmente temevo che la rimozione di una parte del cranio avrebbe richiesto un periodo di attesa di tre mesi prima di poterlo riposizionare, e che avrei dovuto indossare nuovamente il casco, come era accaduto nella procedura precedente.

Comprendere il piano di Dio per le nostre vite può essere un'impresa ardua. Spesso mi chiedo perché devo sopportare certe esperienze ripetutamente, ma riconosco che il Suo ragionamento può trascendere la mia comprensione.

Nell'arco di soli tre mesi, ho subito tre interventi chirurgici al cervello e l'aspetto straordinario di questa esperienza è stato che sono uscito da ogni intervento senza deficit. Ogni tanto, mi chiedo se Dio stia rivelando il Suo scopo dietro questi eventi, spingendomi ad arrendermi completamente e ad avere fiducia in Lui. Come divinità sovrana, Egli orchestra ogni cosa secondo il Suo piano divino. È essenziale esercitare pazienza e fiducia nella Sua volontà divina, riconoscendo che anche gli individui scelti nella Bibbia hanno affrontato numerose prove e tribolazioni, dall'Antico al Nuovo Testamento.

Riflettendo sulla vita di Giobbe, osservo che possedeva tutto ed era ritenuto giusto, irreprensibile e retto dal Signore. Tuttavia, Dio permise a Satana di mettere alla prova la fede di Giobbe, aggredendo tutti i suoi beni, tranne il suo benessere fisico. Nonostante le sue sofferenze, Giobbe non cedette al peccato. Il senso di abbandono divino di Giobbe fu mitigato dalla manifestazione costante del sostegno di Dio.

C'è anche il racconto della donna emorragica in Luca 8:43-48. La donna soffrì per dodici anni e nessuno poté guarirla. Si avvicinò a Gesù da dietro, toccò il lembo del suo mantello e immediatamente il suo flusso di sangue si fermò. Quando Gesù chiese chi lo avesse toccato, la donna si avvicinò tremante e si gettò ai suoi piedi, dichiarando davanti a tutti il motivo per cui lo aveva toccato e che era stata immediatamente guarita. E Gesù disse alla donna: "Figlia, la tua fede ti ha salvata; va' in pace" (Luca 8:48). La devozione della donna per Gesù le restituì la salute!

Riflettendo sulle mie esperienze, mi sento pieno di gratitudine, sapendo che il mio Signore Gesù è il mio compagno costante, che mi guida attraverso ogni tempesta e rafforza la mia fede a ogni passo. Dio permette alle circostanze di rafforzare la nostra fiducia in Lui, assicurandoci che non ci troveremo mai di fronte a qualcosa di più di quanto possiamo sopportare.

Nessuna tentazione vi ha colto, che non sia stata umana; però Dio è fedele e non permetterà che siate tentati oltre le vostre forze; ma con la tentazione vi darà anche la via d'uscita, affinché la possiate sopportare. 1 Corinzi 10:13 (NR)

Salmo 100
Tutti gli uomini esortati a lodare Dio
Un Salmo per il Ringraziamento
(NASB 1995)

[1] *Acclamate il Signore, abitanti di tutta la terra.* [2] *Servite il SIGNORE con gioia, presentatevi a lui con canti di gioia.* [3] *Sappiate che il SIGNORE è Dio; è lui che ci ha fatti, e non noi stessi; Noi siamo il Suo popolo e le pecore del Suo pascolo.*

[4] *Entrate nelle sue porte con ringraziamento e nei suoi cortili con lode. Celebratelo, benedite il suo nome.* [5] *Poiché il SIGNORE è buono; La sua benignità è eterna e la sua fedeltà per tutte le generazioni.*

Rallegriamoci nel Signore, perché Egli è sempre buono! Innalzo la mia voce in lode al Signore, splendente incarnazione di giustizia e amore. Sono sopraffatto dalla gratitudine per le innumerevoli benedizioni che riempiono la mia vita, a testimonianza della Sua incrollabile cura. Attraverso Gesù Cristo, mio Salvatore e Signore, sono stato accolto nella famiglia del Suo Regno, redento e perdonato. Il Suo amore mi ha trasformato e la Sua grazia mi ha guarito.

Capitolo 16
Uscire interi

Dopo l'intervento chirurgico, ho seguito un percorso riabilitativo in ospedale, che ha integrato fisioterapia e terapia occupazionale per migliorare il mio stato di salute generale. Lavorare a stretto contatto con i terapisti mi ha permesso di concentrarmi contemporaneamente sulla mia salute fisica e mentale, e poter camminare liberamente all'interno del reparto ha rafforzato la mia fiducia e la mia sicurezza nel miglioramento generale della mia salute, preannunciando una dimissione imminente.

Non vedevo l'ora di tornare a casa e godermi il comfort del mio spazio. Non vedevo l'ora di una doccia rigenerante, di una notte di sonno ristoratore nel mio letto e di rilassanti passeggiate nel mio quartiere. Il ricovero in ospedale aveva alterato i miei ritmi del sonno a causa dei controlli periodici dei parametri vitali da parte del personale infermieristico, che mi costringeva a svegliarmi a intervalli regolari. Desideravo ardentemente una notte di sonno profondo a casa.

Dopo le dimissioni, infermieri e personale del reparto di terapia intensiva neurologica si sono riuniti per salutarmi e non ho potuto fare a meno di provare un immenso senso di gratitudine mentre venivo trasportato verso l'uscita. Gli infermieri e il personale che si erano presi cura di me in alcuni dei miei momenti più vulnerabili ora erano insieme, sorridenti, applaudenti e pieni di parole di incoraggiamento. Le lacrime mi riempivano gli occhi, non per la tristezza, ma per l'immensa gratitudine che provavo per queste persone incredibili che erano diventate parte del mio percorso. In quel momento, ho capito che non stavo solo lasciando l'ospedale; stavo entrando in un nuovo capitolo, portando con me l'amore, il sostegno e le preghiere che mi avevano sostenuto in tutto questo. È stato un momento di pura umiltà, sapere che questi infermieri e personale incredibili, che avevano lavorato instancabilmente per prendersi cura di me, ora stavano celebrando la mia forza e la mia guarigione.

Guardando i loro volti, ho visto più di semplici professionisti medici; ho visto persone che avevano dedicato il loro cuore alla mia guarigione. Alcuni mi avevano tenuto la mano durante notti difficili, altri mi avevano sussurrato parole di rassicurazione quando la paura si insinuava, eppure tutti avevano avuto un ruolo nel mio percorso di ritorno alla salute. Ho salutato con la mano, con il cuore colmo, e ho sussurrato una silenziosa preghiera di gratitudine. Questo era più di un semplice addio; era una testimonianza del potere della compassione, della fede e del sostegno incrollabile di coloro che avevano percorso questo cammino con me.

Durante la visita post-operatoria con il Dott. Scharnweber, ho chiesto informazioni sull'emorragia cerebrale inaspettata, dati i risultati normali delle mie analisi del sangue. Quando ho discusso i risultati della TAC con uno dei miei medici, il medico ha notato l'assenza di qualsiasi indicazione di ictus o aneurisma. Il Dott. Scharnweber ha parlato delle crepe nei vasi sanguigni microscopici nella mia area temporale destra. Poiché non era stato dimostrato un aneurisma o un ictus, esistevano due possibilità: il problema poteva essere correlato al vaso sanguigno più grande (macrovascolare) o a un vaso sanguigno più piccolo (microvascolare) che fa parte del sistema microcircolatorio.

Questa era la spiegazione medica del Dott. Scharnweber. Un aneurisma di Charcot-Bouchard è un piccolo punto debole nei piccoli vasi sanguigni del cervello. Si verifica principalmente nelle parti profonde del cervello, come i gangli della base, il talamo, il ponte e il cervelletto. Se uno di questi aneurismi si rompe, può causare un'emorragia cerebrale (un tipo di ictus chiamato emorragia intracerebrale). Questo può portare a gravi problemi, come debolezza improvvisa, difficoltà di linguaggio o persino perdita di coscienza. A differenza degli aneurismi più grandi che possono causare emorragie intorno al cervello, questi piccoli aneurismi colpiscono i minuscoli vasi sanguigni all'interno del cervello stesso. Il modo migliore per prevenirne la formazione o la rottura è controllare la pressione alta attraverso uno stile di vita sano e l'assunzione di farmaci, se necessario.

Ciò che ho avuto è stata un'emorragia intracerebrale o, in termini medici, un'estensione intraventricolare.

Secondo l'American Association of Neurological Surgeons:

"L'emorragia intracerebrale (sanguinamento nel tessuto cerebrale) è la seconda causa più comune di ictus (15-30% degli ictus) e la più mortale. I vasi sanguigni trasportano il sangue da e verso il cervello. Le arterie o le vene possono rompersi, sia a causa di una pressione anomala, sia a causa di uno sviluppo anomalo o di un trauma. Il sangue stesso può danneggiare il tessuto cerebrale. Inoltre, il sangue in eccesso nel cervello può aumentare la pressione all'interno del cranio (pressione intracranica (PIC)) fino a un punto tale da danneggiare ulteriormente il cervello." [8]

La spiegazione dei termini medici da parte del mio chirurgo è stata davvero impressionante e, considerando la mia storia di traumi, è straordinario che io sia vivo e vegeto oggi. Credo fermamente che la potenza di Dio abbia avuto un ruolo significativo nel mio percorso. Durante le mie valutazioni quotidiane, il mio stato mentale ha costantemente dimostrato vigilanza, orientamento e un atteggiamento non suicidario, caratterizzato da un comportamento calmo, collaborativo e una comunicazione proattiva. I risultati degli esami di laboratorio erano normali, così come la mia pressione sanguigna.

Ogni giorno, quando le infermiere entravano per controllarmi, sapevo cosa mi aspettava. Le loro domande, preparate con cura, erano sempre le stesse:

- Che giorno è oggi?
- Dove sei?

- Qual è l'indirizzo della struttura?

- Chi è l'attuale presidente?

Potrei quasi impostare l'orologio su questo. All'inizio, ho risposto diligentemente, ma con il passare dei giorni, mi sono reso conto che se non avessi aggiunto un po' di umorismo, avrei potuto perdere la testa. Così, ho deciso di rendere le cose un po' più interessanti. Chiedevo: "C'è un modo in cui il chirurgo può trasformare il mio cervello in un cervello intelligente?" Oppure: "Che succede con l'attuale presidente e le prossime elezioni?"

Una cosa che ho apprezzato del mio soggiorno al Kaiser è stato il cibo e il gelato! Le infermiere mi hanno detto che il loro gelato era molto apprezzato dalla maggior parte dei pazienti. A volte, mi sembrava di essere in un resort. Potevo ordinare cibo per telefono e farmelo consegnare quando era pronto. Il loro cibo era delizioso e ne ho gustato ogni singolo boccone!

Capitolo 17
La vita torna in carreggiata

Riflettendo sulla mia storia clinica, sono stupito dalla mia capacità di affrontare le avversità, attribuendo la mia forza al potere di Dio.

Perciò, rivestitevi della completa armatura di Dio, affinché possiate resistere nel giorno malvagio e restare in piedi dopo aver compiuto tutto il vostro dovere. Efesini 6:13 (NR)

La preghiera è il nostro potente scudo contro le insidie dei nemici.

«Nessun'arma fabbricata contro di te avrà successo; e ogni lingua che ti accuserà in giudizio, tu la condannerai. Questa è l'eredità dei servi del SIGNORE, e la loro giustizia viene da me», dice il SIGNORE. Isaia 54:17 (NR)

Questo versetto è una promessa di Dio che nessun danno o attacco mi colpirà. Anche se qualcuno parla male di me o cerca di abbattermi, Dio mi proteggerà e mi aiuterà a rimanere forte. La protezione di Dio è per coloro che confidano in Lui e Lo seguono. Egli mi difenderà e si assicurerà che ciò che gli altri hanno voluto per il male non mi ferisca alla fine. Quindi, qualunque cosa io affronti – che si tratti di problemi di salute, sfide altrui o qualsiasi altra cosa – Dio è lì per proteggermi e aiutarmi.

Dio combatte le mie battaglie! Non devo combattere da solo perché Dio è il mio difensore. Questo versetto mi ricorda che con Dio al mio fianco, posso avere pace e fiducia, sapendo che Lui si prenderà cura di me. Grazie, Gesù, per aver combattuto le mie battaglie!

Una delle mie attività estive preferite è partecipare a concerti cristiani con i miei amici della Core Church e di altre chiese. Ho avuto il piacere di vedere MercyMe, Toby Mac e

Zach Williams dal vivo a Los Angeles, dopo cinque mesi di convalescenza post-operatoria. Il concerto è stato molto divertente e la canzone dei MercyMe "Flawless" ha avuto un profondo impatto su di me. Questa canzone parla di grazia, redenzione e di come il sacrificio di Gesù ci renda impeccabili agli occhi di Dio.

Nel corso della nostra vita, inevitabilmente incontriamo sfide e battute d'arresto, ma è essenziale rimanere resilienti nella nostra fede. Il Signore è sempre presente, indipendentemente dalle circostanze. Ho capito che nei momenti di difficoltà, che siano legati alla salute, alle finanze o al lavoro, cerco costantemente rifugio nel Signore. Inoltre, man mano che i miei bisogni aumentano, il mio rapporto con il Signore si approfondisce, poiché Lo riconosco come fonte affidabile di sostegno nei momenti di bisogno. Posso sempre confidare nella Sua guida.

Ma in tutte queste cose noi siamo più che vincitori, per mezzo di colui che ci ha amati. Infatti sono persuaso che né morte né vita, né angeli né principati, né cose presenti né cose future, né potenze, né altezza né profondità, né alcun'altra creatura potrà separarci dall'amore di Dio, in Cristo Gesù, nostro Signore. Romani 8:37-38 (NR)

Sono entusiasta di essere tornata in carreggiata e di fare le cose che amo. La mia amica Michelle e io, che siamo diventate buone amiche in chiesa, andiamo regolarmente a concerti cristiani. Da single, ci piace stare in compagnia e condividiamo una serie di interessi, come concerti, cene anticipate nel nostro ristorante preferito del quartiere, film, passeggiate in spiaggia e occasionali gite fuori città. Michelle è un'amica preziosa, una guerriera di preghiera impegnata, una compagna di digiuno e una sorella affidabile che incarna un sostegno e un'affidabilità incrollabili.

Al momento in cui scrivo, sono a sei mesi dall'intervento e posso affermare con sicurezza che il mio benessere generale è sostanzialmente tornato allo stato pre-operatorio. Ho riacquistato la piena indipendenza, posso guidare senza difficoltà e ho smesso di assumere farmaci per il cervello. Non vedo l'ora di tornare al lavoro all'inizio dell'anno e mi aspetto un nuovo inizio. I miei amici mi contattano regolarmente per monitorare il mio stato emotivo e dimostrare la loro preoccupazione per il mio benessere generale. La presenza amorevole di una comunità durante il processo di recupero è davvero una benedizione, in quanto esemplifica l'amore e la cura di Dio nelle nostre vite.

Attraverso il mio percorso da sopravvissuta, ho sviluppato una comprensione più profonda del valore della perseveranza. Nonostante la sua transitorietà, la vita è ricca di bellezza, e le sfide che ho affrontato sono state ripagate dalla mia capacità di perseverare nell'esperienza delle sue tante meraviglie. Sono profondamente grata, benedetta e amata, riconoscendo l'impatto trasformativo dell'intervento divino e dell'ingegno medico che mi hanno permesso di sopravvivere.

Fortunatamente, con il supporto di esperti medici e di una comunità solidale, ho superato le avversità e ne sono uscito più resiliente che mai. Il mio Signore e Salvatore, Gesù Cristo, è in definitiva il mio Guaritore e la mia Torre Forte. Ora mi sento ispirato a condividere la mia storia, sperando che possa portare speranza, conforto, ispirazione e incoraggiamento ad altri che affrontano problemi di salute simili.

Salmo 34
Il Signore, un Provveditore e un Liberatore
(NASB 1995)

[1] *Benedirò il Signore in ogni tempo, la sua lode sarà sempre sulla mia bocca.* [2] *L'anima mia si glorierà nel Signore; gli umili l'udranno e si rallegreranno.* [3] *Magnificate con me il Signore, ed esaltiamo insieme il suo nome.*

[4] *Ho cercato il Signore, ed egli mi ha risposto, e mi ha liberato da tutti i miei spaventi.* [5] *Hanno guardato a lui e sono diventati raggianti, e i loro volti non sono stati confusi.* [6] *Questo povero ha gridato, e il Signore lo ha ascoltato, e lo ha salvato da tutte le sue angosce.* [7] *L'angelo del Signore si accampa tutt'intorno a quelli che lo temono, e li libera.*

[8] *Gustate e vedete quanto è buono il Signore; quanto è beato l'uomo che confida in lui!* [9] *Temete il Signore, voi suoi santi; nulla manca a coloro che lo temono.* [10] *I leoncelli soffrono la fame e la fame, ma a coloro che cercano il Signore non manca alcun bene.* [11] *Venite, figli, ascoltatemi; vi insegnerò il timore del Signore.* [12] *Chi è l'uomo che desidera la vita e ama lunghi giorni per vedere il bene?* [13] *Trattieni la tua lingua dal male e le tue labbra dal dire inganno.* [14] *Allontanati dal male e fa' il bene; cerca la pace e perseguila.*

[15] *Gli occhi del Signore sono sui giusti e i suoi orecchi sono attenti al loro grido.* [16] *Il volto del Signore è contro quelli che fanno il male, per sradicarne dalla terra il ricordo.* [17] *I giusti gridano e il Signore li ascolta e li libera da tutte le loro sventure.* [18] *Il Signore è vicino a quelli che hanno il cuore spezzato e salva quelli che hanno lo spirito contrito.*

[19] *Molte sono le afflizioni del giusto, ma il Signore lo libera da tutte.* [20] *Egli preserva tutte le sue ossa; nessuno di esse è spezzato.* [21] *La malvagità ucciderà l'empio, e coloro che odiano il giusto saranno condannati.* [22] *Il Signore riscatta l'anima dei*

suoi servi, e nessuno di coloro che confidano in lui sarà condannato.

Il Salmo 34 è un maestoso inno di lode del re Davide, che celebra l'infinita bontà, la liberazione e la protezione di Dio. È un forte richiamo a cercare conforto nella Sua presenza. Anche nel mezzo delle difficoltà, sono ispirato a lodarlo continuamente. Un rassicurante promemoria per confidare in Lui nei momenti di paura e difficoltà, sapendo che Dio mi ascolta e mi salva nella mia fragilità.

Dio redime e protegge il Suo popolo, nonostante le afflizioni. Ciò sottolinea la fedeltà di Dio verso coloro che confidano in Lui e promuove una vita di riverenza e rettitudine. Quel senso di pace e speranza radicato nel Suo amore eterno è un dono straordinario. È incredibile come la Sua presenza possa portare calma nel caos e chiarezza nei momenti di incertezza. Riflettere sul Salmo 34 mi ricorda che, indipendentemente dalle afflizioni o dalle sfide, Dio è vicino a chi ha il cuore spezzato e libera il Suo popolo.

Capitolo 18
L'amore e il sostegno di una famiglia

Prima della mia cranioplastica, mio cugino Sam, che vive e lavora a San Francisco, si è preso un periodo di aspettativa dal suo lavoro per recarsi a Los Angeles e assistermi nelle mie cure. Manong Sam non solo mi ha fornito cure eccezionali, ma ha anche generosamente coperto parte delle spese per le nostre necessità quotidiane. La sua gentilezza è stata davvero una benedizione e gli sarò eternamente grato per il suo sostegno.

Manong Sam ed io abbiamo un background comune, essendo cresciuti insieme nello stesso quartiere nelle Filippine. Essendo il più grande dei due, lui ha ricordi vividi della mia infanzia, durante la quale ero spesso affidato alle cure dei nostri vicini mentre mia madre era al lavoro. Spesso rifletteva su quanto gli fossi vicino, fin da piccolo. Lo ammiravo e lui si prendeva cura di me, garantendo la mia sicurezza e partecipando alle attività con me dopo la sua giornata scolastica.

Il tempo trascorso con Manong Sam è stato fonte di grande gioia, perché mi ha riportato alla mente ricordi d'infanzia, offrendomi una gioiosa opportunità di riflettere sulla mia giovinezza. "Manong" è un termine affettuoso e rispettoso per gli uomini più anziani della famiglia, comunemente usato nella nostra lingua Aklanon per descrivere un uomo di età più avanzata. Trascorrere del tempo con Manong Sam è stato un piacere, e mi è piaciuto molto rivivere i ricordi d'infanzia e ricordare tutti gli abitanti del nostro quartiere. Mi ha ricordato la mia forte volontà da bambino e l'affetto che ricevevo da tutti.

Essendo stata adottata e cresciuta in una famiglia della classe media, ho avuto il privilegio di avere una famiglia che potesse provvedere ai miei bisogni. Mia madre adottiva, che è anche cugina di primo grado del mio padre biologico, ha mantenuto un legame di sangue che scorre nel mio sangue. Conosco i miei genitori biologici e il mio legame con la famiglia adottiva è ancora più profondo. Questo legame unico mi ha offerto una prospettiva diversa sull'adozione, che intreccia sia la famiglia biologica che quella scelta in un modo che ha plasmato la mia identità.

Crescendo, ho avuto la fortuna di avere una casa stabile e amorevole, dove i miei bisogni venivano soddisfatti e mi venivano date opportunità di crescita. Eppure, conoscere le mie radici biologiche ha aggiunto un ulteriore tassello alla mia storia, un tassello pieno di gratitudine e curiosità.

Ho spesso riflettuto su come la mia vita fosse stata plasmata dalle decisioni e dai sacrifici di coloro che mi amavano, sia per nascita che per scelta. Per molti versi, il mio percorso è stato una testimonianza di come la famiglia sia definita non solo dal sangue, ma dall'amore, dalla cura e dalle persone che scelgono di starti accanto.

Essendo la figlia maggiore, avevo due fratelli minori, una sorella e un fratello. Nostro padre, che prestava servizio attivo nell'Aeronautica Militare, era un uomo straordinario. Fin da bambina, gli ho sempre voluto bene. Crescendo, abbiamo avuto numerosi disaccordi, ma riconosco che è stato un buon padre per me e per i miei fratelli minori. La perdita prematura di nostra madre in giovane età è stata un'esperienza traumatica, soprattutto per i miei due fratelli minori, e quindici anni dopo, la scomparsa di nostro padre ci ha lasciato orfani. Perdere entrambi i genitori, a qualsiasi età, comporta notevoli difficoltà emotive. I genitori sono essenziali nel promuovere il senso di unità familiare e nel fornire conforto, rafforzando i nostri legami familiari.

Dopo l'intervento, mia cugina Josephine mi ha scattato una foto nel mio letto d'ospedale, che ha poi condiviso con i miei fratelli per tenerli informati sui miei progressi. Purtroppo, l'immagine ha causato loro una notevole ansia e ha suscitato in loro un senso di irrequietezza, sapendo di non poter essere fisicamente presenti per offrirmi supporto perché risiedevano tutti nelle Filippine. Durante la conversazione con mia sorella, mi ha espresso la sua preoccupazione per la mia situazione e ha detto che guardare la mia fotografia evocava sentimenti di tristezza, causandole un dolore emotivo che preferiva nascondere per mantenere la calma ed evitare di causarmi disagio.

Sono grata che la mia madre biologica sia ancora viva e in buona salute, e non vedo l'ora di trascorrere presto del tempo di qualità con lei. Ogni volta che io e mia madre ci videochiamamo, lei si mostra coraggiosa, ma capisco che è spaventata e preoccupata per il mio benessere. Il mio padre biologico è mancato serenamente nel sonno all'età di novant'anni nel 2018. Nonostante soffrisse di asma cronica, era di buon umore e la sua memoria era ancora vivida. Era un uomo di grandi principi, che apprezzava l'integrità, il rispetto e la gentilezza verso gli altri.

Essendo uno di otto fratelli biologici, ricopro la posizione di terzogenito. La mia famiglia ha espresso notevole preoccupazione per la mia salute e mi ha fortemente incoraggiato a tornare a casa, dove avrebbero potuto fornirmi cure adeguate. È stato profondamente angosciante per me osservare il loro dolore emotivo, che si è manifestato in lacrime. Mia sorella maggiore, Noemi, aveva cercato attivamente di comunicare con i nostri parenti e amici negli Stati Uniti con l'obiettivo di mobilitare il loro sostegno, considerando la distanza fisica che ci separava.

Essere l'unico membro della famiglia a vivere fuori dal Paese può essere un'esperienza scoraggiante. Momenti come questi spesso evocano sentimenti di solitudine e apprensione per ciò che riserva il futuro. Pur avendo vissuto lontano da casa per oltre trentatré anni, ho scoperto che questa esperienza è stata incredibilmente stimolante, concedendomi la libertà di vivere la vita come ritengo opportuno e coltivare uno stile di vita che risuona veramente con me.

Con la mia famiglia di New York a Portland Head Light, Portland, Maine

Capitolo 19
Il mio momento sul Mar Rosso

Ripensando all'anno appena trascorso, non posso che descriverlo come il mio momento "Mar Rosso". In soli tre mesi, ho dovuto affrontare tre importanti interventi chirurgici al cervello, un'esperienza che mi è sembrata travolgente, incerta e, a tratti, terrificante. Eppure, nonostante tutto, ho assistito alla fedeltà e ai miracoli di Dio in modi che continuano a lasciarmi senza parole.

Mentre cercavo di affrontare la vita dopo l'intervento chirurgico, mi venivano in mente delle domande:

- Sarò mai in grado di fare le cose che facevo prima?

- Il mio cervello funzionerà allo stesso modo?

- Cosa succede se le mie capacità non funzionano più come prima?

Mi sono ritrovata in un mare di incertezza, cercando di capire come iniziare una nuova vita dopo un'esperienza così sconvolgente. C'erano così tante cose a cui pensare e, a volte, mi sentivo oppressa dall'ignoto. Ma anche in quei momenti di dubbio, ho sperimentato il conforto della presenza di Dio. Il Salmo 23:4 (NIV) è diventato la mia realtà durante quei mesi di recupero: *Anche se camminassi nella valle dell'ombra della morte, non temerei alcun male, perché tu sei con me; il tuo bastone e il tuo vincastro mi danno sicurezza* .

Mi sono aggrappato a questa verità, sapendo che Dio non solo era al mio fianco, ma mi guidava, mi proteggeva e provvedeva a me. Il risultato è stato a dir poco miracoloso. Dopo tutto quello che il mio corpo aveva sopportato, *non ho avuto alcun deficit* . Ogni volta che ci ripenso, mi tornano in mente le parole: " *Il Signore combatterà per voi; voi non dovete far altro che stare in silenzio"* (Esodo 14:14).

Quattro mesi dopo il mio ultimo intervento chirurgico, ho potuto tornare al lavoro, un traguardo che non ero sicuro di poter mai più raggiungere. Sono profondamente fortunato di essere qui oggi, con la mia salute, le mie capacità e come testimonianza dell'amore e della fedeltà di Dio. Proprio come ha aperto una strada per gli Israeliti al Mar Rosso, ha aperto una strada anche per me quando sembrava non esserci più una via d'uscita. La mia storia è una testimonianza dei miracoli che Dio opera ancora oggi nelle nostre vite.

Per chiunque stia attraversando un momento difficile come quello del Mar Rosso, prego che troviate speranza nella stessa verità che ha guidato me: l'amore di Dio non viene mai meno, ed Egli è con voi, anche nelle valli più buie.

Dopo sei mesi di reclusione, tornare al lavoro è stata una boccata d'aria fresca, un nuovo capitolo pieno di obiettivi e possibilità. Il percorso fino a questo punto non è stato facile. Ci sono stati momenti di incertezza, sfide e domande su come sarebbe stata la vita dopo l'intervento chirurgico. Eppure, per grazia di Dio, sono qui, più forte e determinata che mai.

Quei mesi di recupero mi hanno insegnato pazienza, resilienza e fiducia. Non si trattava solo di guarigione fisica; si trattava di permettere a Dio di ritemprare il mio spirito e guidarmi in questa nuova stagione della vita. Ogni passo che faccio ora è come una vittoria e un promemoria di quanto Lui sia fedele. Tornare al lavoro è stata una gioia immensa. È più di una semplice routine; è un segno delle Sue benedizioni e una celebrazione di tutto ciò che ho superato.

Sono così emozionata di accogliere questo nuovo inizio, sapendo che con la grazia di Dio tutto è possibile. Ogni volta che entro in chiesa, mi viene in mente l'incredibile dono della comunità. Amici e persone care mi accolgono con calore e mi ricordano costantemente che hanno pregato per me ogni giorno durante la mia convalescenza. Sapere che le loro preghiere mi hanno sostenuto ogni singolo giorno mi riempie il cuore di gratitudine. La loro fedeltà nella preghiera è stata una testimonianza così potente dell'amore di Dio.

È umiliante e profondamente confortante sapere di non essere mai stato solo in questo percorso. Non solo Dio è stato con me, ma mi ha circondato di una famiglia di credenti che mi ha aiutato quando ne avevo più bisogno. Sono così grato alla mia famiglia della chiesa, che non ha mai smesso di credere e pregare per la mia guarigione. Il loro amore e la loro fede mi ricordano la forza e l'unità che derivano dall'essere parte del corpo di Cristo. Sono davvero fortunato ad essere circondato da persone così straordinarie.

Conclusione:
abbracciare le stagioni della vita

Ecclesiaste 3:1-8 (NIV):

Un tempo per ogni cosa

C'è un tempo per ogni cosa,

e una stagione per ogni attività sotto il cielo:

un tempo per nascere e un tempo per morire,

un tempo per piantare e un tempo per sradicare,

un tempo per uccidere e un tempo per guarire,

un tempo per demolire e un tempo per costruire,

un tempo per piangere e un tempo per ridere,

un tempo per piangere e un tempo per ballare,

un tempo per spargere pietre e un tempo per raccoglierle,

un tempo per abbracciare e un tempo per astenersi dagli abbracci,

un tempo per cercare e un tempo per rinunciare,

un tempo per conservare e un tempo per buttar via,

un tempo per strappare e un tempo per riparare,

un tempo per tacere e un tempo per parlare,

un tempo per amare e un tempo per odiare,

un tempo per la guerra e un tempo per la pace.

Il capitolo 3 del libro dell'Ecclesiaste ci ricorda che la vita è piena di stagioni diverse, con scopi e tempi diversi. Viviamo sia l'inizio che la fine. Ci sono momenti in cui le cose devono essere create o rafforzate, e momenti in cui devono essere rimosse. A volte affrontiamo tristezza e perdita, ma altre volte ridiamo e festeggiamo. Attraversiamo momenti di ricerca e apprendimento, ma ci sono anche momenti in cui dobbiamo lasciare andare cose che non ci servono più. Ci sono momenti in cui abbiamo bisogno di esprimerci e momenti in cui riflettere e ascoltare. Tutti noi sperimentiamo amore e momenti di conflitto.

Ogni cosa accade al suo tempo. Le diverse stagioni della vita fanno parte del piano più grande di Dio. Capire che c'è un tempo per ogni cosa ci aiuta ad avere fiducia nel piano divino di Dio. Sapendo che Lui ha il controllo, anche nei momenti difficili, Dio sta operando, plasmandoci e guidandoci verso il Suo scopo.

La vita è piena di prove, dolore, sofferenza, crepacuore, difficoltà finanziarie e perdita di persone care. Ho attraversato tutto questo e, guardando indietro, posso vedere come Dio fosse all'opera in ognuno di quei momenti. Quelle che un tempo sembravano difficoltà sono diventate le più grandi lezioni della mia vita, plasmando il mio cuore e approfondendo la mia fede.

Considerate una grande gioia, fratelli miei, quando vi trovate di fronte a prove di vario genere, sapendo che la prova della vostra fede produce costanza. E la perseveranza compia pienamente l'opera sua in voi, perché siate perfetti e integri, senza mancare di nulla. Giacomo 1:2-4 (NR 1995)

Le prove non vengono per spezzarci; vengono per raffinarci. Rivelano la forza della nostra fede, mostrandoci dove ci troviamo e quanto abbiamo veramente bisogno di un Salvatore. Il Salmo 28:7 (NR) esprime perfettamente questo concetto: *Il SIGNORE è la mia forza e il mio scudo; in lui confida il mio cuore e sono soccorso; perciò il mio cuore esulta e lo celebrerò con il mio canto.*

Dio è stato la mia forza quando ero debole e il mio scudo quando ero vulnerabile. In Lui ho trovato aiuto, speranza e pace. Anche nei momenti più difficili, il mio cuore ha imparato a fidarsi completamente di Lui. E grazie a questa fiducia, ho trovato gioia e gratitudine, anche durante le prove. Queste esperienze mi hanno insegnato che la fede non consiste nell'evitare il dolore; significa rimanere saldi nelle circostanze della vita, sapendo che Dio ha il controllo. I suoi piani sono sempre buoni, anche quando non riusciamo a vedere il quadro completo. Ogni prova è diventata una testimonianza del suo amore e della sua fedeltà. Attraverso tutto ciò che ho sopportato, dalle lotte della vita al superamento di importanti problemi di salute, sento un profondo desiderio di portare speranza a coloro che soffrono.

So cosa significa attraversare periodi di incertezza, dolore e paura, ma so anche cosa significa uscirne più forti, più saggi e più radicati nella fede. La mia speranza è di illuminare l'oscurità di chi sta affrontando le proprie prove.

Una delle lezioni più importanti che ho imparato è l'importanza di essere i propri difensori. Nessuno conosce la tua storia, le tue difficoltà o i tuoi bisogni meglio di te. Esprimi la tua opinione, fai domande e lotta per ottenere l'attenzione e la comprensione che meriti. Soprattutto, non lasciare che la paura prenda il sopravvvento sulla tua vita. La paura è bugiarda! Ci dice che siamo soli, che le sfide sono troppo grandi o che non abbiamo la forza di resistere.

La verità è questa: Dio è più grande dei nostri problemi.

Lui vede *ogni* lacrima, ascolta *ogni* preghiera e cammina con noi *ad ogni* passo del cammino. Quando ci appoggiamo a Lui, troviamo il coraggio di affrontare anche le battaglie più difficili. Scopriamo che la Sua grazia è sufficiente e che la Sua forza si manifesta pienamente nella nostra debolezza.

Qualunque cosa tu stia affrontando, sappi questo: non sei solo.

C'è speranza, guarigione e uno scopo per il tuo viaggio. Confida in Dio e lascia che Lui ti guidi. Le prove non sono mai sprecate nel piano di Dio. Ci insegnano il valore della Sua presenza, delle Sue promesse e del Suo amore inesauribile.

Attraverso la sofferenza, giungiamo a comprendere la profondità delle Sue benedizioni e la pienezza della Sua grazia.

Di solito, è nei momenti più difficili che vediamo più chiaramente la Sua mano, che ci avvicina a Lui e rafforza la nostra fede. Ma le prove non servono solo per la nostra crescita; ci preparano ad aiutare gli altri. Quando sopportiamo la sofferenza, acquisiamo l'empatia e la saggezza per sollevare gli altri nei momenti di bisogno. Possiamo ricordare loro la fedeltà di Dio, non solo da ciò che abbiamo letto, ma da ciò che abbiamo sperimentato.

Egli ci consola in ogni nostra afflizione, affinché possiamo anche noi consolare quelli che si trovano in ogni genere di afflizione con la consolazione con cui noi stessi siamo consolati da Dio. Poiché come abbondano per noi le sofferenze di Cristo, così, per mezzo di Cristo, abbonda anche la nostra consolazione. 2 Corinzi 1:4-5 (NR)

Dio ci conforta in ogni nostra difficoltà, così che possiamo confortare chi è in difficoltà con il conforto che noi stessi riceviamo da Lui. La sofferenza ci permette di essere vasi della Sua forza e del Suo amore, condividendo i pesi degli altri e indirizzandoli a Lui. Le prove ci insegnano la perseveranza non solo per noi stessi, ma anche per aiutare gli altri a svilupparla. Ci ricordano che il proposito di Dio è sempre più grande del momento in cui ci troviamo. Le nostre difficoltà di oggi potrebbero benissimo diventare la testimonianza di cui qualcun altro ha bisogno domani. Quindi, anche nella sofferenza, Dio opera per il nostro bene e per il bene di coloro che ci circondano. Attraverso le prove, ci plasma e ci prepara a essere una luce per gli altri, rivelando la Sua gloria e il Suo amore a un mondo bisognoso.

La vita spesso sembra una battaglia, con difficoltà e prove che cercano di rubarci la pace, la gioia e la speranza. Gesù stesso ci ha avvertito di questo in Giovanni 10:10 (NR): *Il ladro non viene se non per rubare, uccidere e distruggere; io sono venuto perché abbiano la vita e l'abbiano in abbondanza.*

Questo versetto mi tocca profondamente il cuore perché ho vissuto periodi in cui mi sembrava che mi venisse portato via tutto: la salute, la stabilità e persino la speranza. Ma attraverso tutto questo, sono giunto a comprendere la verità delle parole di Gesù: il Nemico può cercare di distruggere, ma Gesù viene per restaurare e donarci la vita, una vita in abbondanza.

Questa vita abbondante non riguarda solo le benedizioni qui sulla terra; riguarda la vita eterna con Lui. La vita eterna inizia nel momento in cui accettiamo Gesù come nostro Signore e Salvatore personale. Quando riponiamo la nostra fiducia in Lui, iniziamo a sperimentare la Sua pace, la Sua gioia e la Sua forza che ci sostengono nelle nostre difficoltà. Ed è una promessa di gloria futura, dove sofferenza e dolore non esisteranno più e vivremo per sempre con Lui.

Riflettendo sul mio percorso personale per superare i problemi di salute e affrontare le sfide della vita, ho visto come Gesù mi abbia donato abbondanza in modi che non mi sarei mai aspettato. Ha riempito il mio cuore di speranza, ha approfondito la mia fede e mi ha ricordato che questa vita è temporanea. La speranza ultima che abbiamo in Lui è che ha già vinto la morte e, attraverso di Lui, possiamo avere la vita eterna.

Non importa cosa il Nemico cerchi di rubare, Gesù offre di più: più gioia, più pace, più forza e, soprattutto, più di Sé stesso. Attraverso di Lui, abbiamo il dono più prezioso di tutti: la vita eterna. Spero di ricordarti questa verità: anche nei tuoi momenti più bui, Gesù ti offre una vita abbondante ed eterna. Confida in Lui e lascia che ti guidi verso questa promessa.

Se desideri accettare Gesù come tuo Salvatore e Signore personale, ti preghiamo di recitare questa semplice preghiera:

Signore Gesù, oggi mi presento a Te con il cuore aperto. Ammetto di essere un peccatore e ho bisogno del Tuo perdono.

Credo che Tu sia morto sulla croce per i miei peccati e che Tu sia risorto, offrendomi il dono della vita eterna. Ti chiedo di entrare nel mio cuore, di riempirmi del Tuo Spirito Santo, di essere il mio Salvatore e Signore della mia vita. Confido in Te e accetto il Tuo dono di salvezza. Ti prego, guidami e aiutami a seguirti tutti i giorni della mia vita. Nel nome di Gesù. Amen.

Se hai recitato questa preghiera con sincerità e dal profondo del tuo cuore, sappi che ora sei un figlio di Dio. I tuoi peccati sono perdonati e sei stato accolto nella Sua famiglia.

Se confessi con la tua bocca che Gesù è il Signore e credi con il tuo cuore che Dio lo ha risuscitato dai morti, sarai salvato . Romani 10:9 (NR)

Questo è l'inizio di un incredibile viaggio di fede, e Dio promette di essere al tuo fianco in ogni passo. Affronterai delle sfide, ma ricorda, non sei mai solo. Gesù ti accompagnerà in ogni tempesta, offrendoti pace, forza e guida.

Vi incoraggio a cercare una relazione con Dio attraverso la preghiera, la lettura della Sua Parola nella Bibbia e il contatto con una comunità di credenti che possa incoraggiarvi e sostenervi. Confidate che Lui ha uno scopo per la vostra vita e, crescendo nella fede, sperimenterete il Suo amore e la Sua grazia in modi che non avreste mai immaginato.

Benvenuto nella famiglia di Dio! Il tuo cammino di fede è appena iniziato e Lui ha in serbo cose meravigliose per te.

Prego che, mentre cammini nella fede, il Signore ti benedica abbondantemente, concedendoti la forza e la grazia per superare ogni sfida che la vita ti presenterà. Possa la pace di Dio, che supera ogni comprensione, custodire il tuo cuore e guidarti lungo il cammino della via di Dio. Possa il Suo amore circondarti e la Sua presenza sostenerti in ogni cosa. Nel nome di Gesù. Amen.

Abbraccio i miei capelli grigi per onorare la mia vita con grazia, orgoglio e gratitudine per tutti gli anni che mi hanno portato qui.

Ulteriori letture

Una raccolta di citazioni compilata da Dan Tanner (Blackshear, GA: inedito, 1999).

Tripp Bowden, *Freddie & Me: Lezioni di vita da Freddie Bennett, il leggendario caddy master dell'Augusta National* (New York, NY: Skyhorse Publishing, 2009).

Dott. Mike Brown, *Evitare la trappola* (Mobile, AL: Diamond Publishing, 2007).

John Dickson, *Humilitas: una chiave perduta per la vita, l'amore e la leadership* (Grand Rapids, MI: Zondervan, 2011).

Bob Farr e Kay Kotan, *Rinnovare o morire: 10 modi per focalizzare la missione della tua chiesa* (Nashville, TN: Abingdon Press, 2011).

Chris Hodges, *Aria fresca: scambiare un obbligo spirituale stantio con una relazione con Dio che cambia la vita, che la rende energizzante e la si sperimenta ogni giorno* (Tulsa, OK: Tyndale Momentum, 2012).

Controllare la lingua, RT Kendall, Charisma House, Lake Mary, Florida, 2007

Diane Muldrow, *Tutto quello che c'è da sapere l'ho imparato da un piccolo libro d'oro* (New York: NY: Random House, 2013).

Jose Luis Navajo, *Lunedì con il mio vecchio pastore: a volte tutto ciò di cui abbiamo bisogno è un promemoria da qualcuno che ha camminato prima di noi* (Nashville, TN: Thomas Nelson, Inc., 2012).

Michael Ricker, *Un cuore in fiamme: ispirazione per il viaggio* (Bradenton, FL: Johnson Printing Company, 2004).

Richard Rohr, *Il Cristo universale: come una realtà dimenticata può cambiare tutto ciò che vediamo, speriamo e crediamo* (New York, NY: Convergent Books, 2019).

Robert A. Schuller, *Come superare ciò che stai attraversando* (Nashville, TN: Thomas Nelson, Inc., 1986).

Robert H. Schuller, *Trasformare le ferite in aloni e le cicatrici in stelle* (Nashville, TN: Thomas Nelson, Inc., 1999).

Dott. Charles Stanley, *Camminare con Dio* (Nashville, TN: Thomas Nelson, Inc., 2012).

Lee Strobel, *The Case For Miracles: A Journalist Investigates Evidence for the Supernatural* (Grand Rapids: MI: Zondervan, 2018).

Andrew Wommack, *Come trovare, seguire e realizzare la volontà di Dio: la volontà di Dio per la tua vita* (Tulsa, OK: Harrison House Publishers, 2013).

Note finali

1. "Malattie cardiovascolari", Organizzazione Mondiale della Sanità, https://www.who.int/health-topics/cardiovascular-diseases#tab=tab_1 .

2. "Chirurgia di sostituzione del gomito", Mayo Clinic, 22 maggio 2024, https://www.mayoclinic.org/tests-procedures/elbow-replacement-surgery/about/pac-20385126 .

3. Poebe Danza, MPH, Tae Hee Koo, MPH, Meredith Haddix, MPH, et al., "Infezione da SARS-CoV-2 e ricovero ospedaliero tra adulti di età >18 anni, in base allo stato vaccinale, prima e durante la predominanza della variante SARS-CoV-2 B.1.1.529 (Omicron) – Contea di Los Angeles, California, 7 novembre 2021-8 gennaio 2022", Centers for Disease Control and Prevention, 1 febbraio 2022, aggiornato il 4 febbraio 2022, https://www.cdc.gov/mmwr/volumes/71/wr/mm7105e1.htm .

4. "Paralisi di Bell, un evento avverso dopo i vaccini COVID", National Library of Medicine, https://pmc.ncbi.nlm.nih.gov/articles/PMC11247443/ .

5. "Paralisi di Bell", Mayo Clinic, 15 marzo 2024 https://www.mayoclinic.org/diseases-conditions/bells-palsy/symptoms-causes/syc-20370028 .

6. "Craniectomia", Cleveland Clinic, ultima revisione il 13 aprile 2023, https://my.clevelandclinic.org/health/treatments/24901-craniectomy .

7. "Glaucoma", Mayo Clinic, 5 novembre 2024, https://www.mayoclinic.org/diseases-conditions/glaucoma/diagnosis-treatment/drc-20372846 .

8. "Emorragia intracerebrale", American Association of Neurological Surgeons, 8 aprile 2024,

https://www.aans.org/patients/conditions-treatments/intracerebral-hemorrhage/ .